I0660387

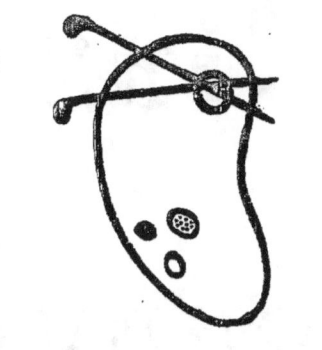

Original en couleur
NF Z 43-120-8

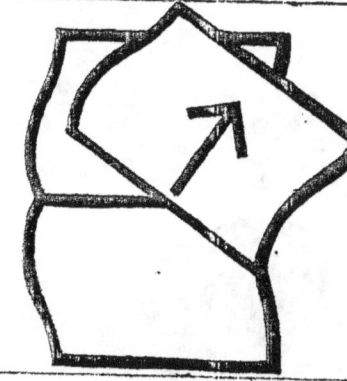

Couverture inférieure manquante

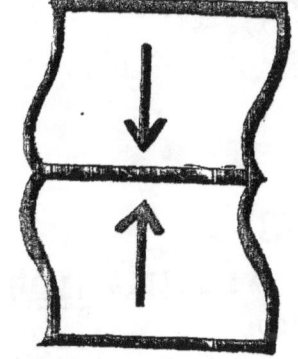

RELIURE SERREE
Absence de marges
intérieures

VALABLE POUR TOUT OU PARTIE DU
DOCUMENT REPRODUIT

ROBERT CAZE

Les Bas

DE

MONSEIGNEUR

PARIS

C. MARPON ET E. FLAMMARION

ÉDITEURS

26, RUE RACINE, PRÈS L'ODÉON.

LES BAS

DE

MONSEIGNEUR

DU MÊME AUTEUR

LE MARTYRE D'ANNIL. (4º édition).

FEMME A SOLDATS (2º édition).

(Ces deux ouvrages se trouvent chez les éditeurs
Marpon et Flammarion.)

F. Aureau. — Imprimerie de Lagny.

LES BAS

DE

MONSEIGNEUR

PAR

ROBERT CAZE

PARIS

C. MARPON ET E. FLAMMARION, ÉDITEURS

RUE RACINE, 26, PRÈS L'ODÉON

1884

Tous droits de traduction et de reproduction réservés

A JEAN-FRANÇOIS RAFFAELLI

Le merveilleux Peintre des modernités

ROBERT CAZE

LES BAS
DE MONSEIGNEUR

Le wagon des fumeurs était complet. Nous
étions serrés là dedans comme harengs en
caque. Et quel guignon! Pourquoi avoir pris
ce train mixte qui s'arrêtait tous les quarts
d'heure? Enfin, il fallait bien se résigner. Par
exemple, jamais voyage plus cocasse. A chaque
station, des bonnes sœurs en cornettes bleues,
des nonnains en bonnet noir, des religieuses
avec des coiffes empesées et raides se trotti-
naient vers l'espèce de chalet suisse où les
sexes sont séparés. Si l'âme a ses espérances,
le corps a ses besoins. Glissons, n'appuyons
pas.

Durant ces haltes, tandis que la machine
semblait reprendre le souffle, des chants se

faisaient entendre. C'étaient des airs connus, vieillots, pleins d'une sensualité très dévergondée malgré leurs notes sainte-nitouche. Enfants, nous les avons tous entendu chanter dans les églises. Etudiants, nous les avons beuglés de Bullier au Pont Saint-Michel, tellement ils prêtent à la godaille et à la noce.

Aujourd'hui, dans le wagon des fumeurs empestant le cigare qui brûle mal et le *mégot* qui s'éteint, nous étions deux ou trois à les siffler, ces airs de cantiques plus rasants que le *Petit Bleu*

— C'est idiot, ces trains de pèlerins, affirma un gros monsieur déguisé en chasseur.

Nous traversions, en ce moment, la Crau désolée, morne et toute plate.

— Idiot tant que vous voudrez, répliqua quelqu'un, mais ça donne de la variété au paysage.

— Et puis, objecta un libéral qui avait un nez rose surmonté de lunettes en or, pourquoi voulez-vous empêcher les dévots d'aller voir le pape et de chanter des cantiques?

— Permettez, objecta le gros monsieur, je

n'empêche rien. Je ne suis pas assez fort pour cela. Par exemple, si j'étais le gouvernement, je vous flanque mon billet que je n'aurais pas permis à l'archevêque de Lozère-et-Garonne d'amener à sa suite les quatre ou cinq cents braillards qui hurlent dans le train.

Sanglé dans un veston de voyage à la boutonnière duquel s'épanouissait la rosette de la Légion d'honneur, un monsieur aux cheveux en brosse, à la moustache hérissée, s'adressa au partisan de la résidence forcée des évêques.

— Pardon, lui dit-il, vous n'êtes sans doute ni marié, ni établi dans le département de Lozère-et-Garonne?

— Non, monsieur, mais pourquoi cette question?

— Parce que, voyez-vous, là-bas, toutes les femmes sont dévotes et coquettes, l'archevêque est encore très vert et les maris sont bien heureux quand il s'absente. Il leur semble qu'ils ont une préoccupation de moins sur la tête.

— Ainsi?...

— Ainsi, Mgr Joachim Lajeunerie est le plus galant des hommes. J'en ai eu la preuve

preuve quand je commandais dans sa ville le 38ᵉ chasseurs à pied, un bien beau bataillon, messieurs.

Tout le monde s'était tu. On attendait une histoire. L'officier supérieur, très flatté au fond de l'attention qu'on était fort disposé à lui accorder, tira deux ou trois bouffées de son cigare et raconta ceci :

« C'était en 1873 ou 1874. On ne s'amusait pas beaucoup dans le chef-lieu de Lozère-et-Garonne. Nous avions un préfet ridicule qui ne recevait pas, une magistrature qui passait son temps à jouer au boston dans un cercle très fermé où on lisait l'*Union*, et la *Gazette des Tribunaux*, une municipalité très radicale qui taquinait fort le gouvernement. Quant aux femmes, je vous l'ai dit, des bigotes. Elles préféraient la soutane à la tunique. Vous comprenez si nous nous faisions vieux dans cette vilaine garnison.

Un jour, une rumeur étrange circula parmi nous. Le médecin-major du bataillon, qui était au courant de tous les potins locaux, nous annonça l'arrivée de Marie Batifol. Qui donc ne

connaît pas Marie Batifol? C'est la sœur de
charité, que dis-je? la providence des officiers
de chasseurs, cette grande fille brune, très
fine, très drôle, avec des yeux bleus d'enfant
étonnée, un nez petit aux narines voluptueuses
et une bouche, et un menton, et... enfin une
de ces fausses maigres distinguées, malgré
elles, à la ville, potelées et séduisantes au dé-
duit. Marie n'aime que les chasseurs à pied.
Une toquade comme cela! Dès que l'un de
nous était rappelé dans la ligne, dès qu'il
échangeait la culotte bleue contre le pantalon
rouge, c'était fini. Tous les bataillons ont
connu cette commis voyageuse de la maison
Cupidon et Cie. Aussi vous pouvez penser le
bruit que fit son arrivée. On douta d'abord, on
crut à une plaisanterie du docteur, le loustic
du bataillon. Enfin il fallut bien se rendre à
l'évidence. Marie était dans nos murs. Si j'avais
écouté les insinuations de mes lieutenants,
j'aurais envoyé la fanfare militaire saluer la
charmante fille. Je n'en fis rien. La discipline
avant tout.

Marie demeura trois longs mois parmi nous.

Elle eut l'art exquis de ne faire naître aucune jalousie. Elle fut bonne pour chacun,
équitable pour tous. Une femme aussi parfaite
devient assommante à la fin. Elle ne crée pas
d'incidents dans l'existence plate d'une garnison ennuyeuse. On l'aimait par désœuvre-
ment. Mais on l'aurait souhaitée plus drama-
tique. Aussi eûmes-nous bientôt repris notre
train-train ordinaire. Nous jouions pas mal,
nous brûlions surtout beaucoup de punch au
kirsch. Un soir, cet animal de docteur se grisa
comme un Suisse et deux Polonais. On le plai-
santa fort. On lui fit entendre que son uniforme
de médecin avait été dédaigné par Marie Batifol : « Qu'en savez-vous ? s'écria-t-il, je ne
» raconte mes bonnes fortunes à personne,
» moi. Et pour vous prouver la légitime in-
» fluence que j'ai acquise sur Marie, je vous
» parie tout ce que vous voudrez que... »

— Que...

— Eh bien ! je vous gage qu'avant huit jours
elle aura mérité les grâces exceptionnelles de
monseigneur l'archevêque.

— Soit, s'écria un capitaine, nous vous parions un dîner à l'*Hôtel de France* pour tout le corps d'officiers.

— C'est entendu, répliqua le docteur. Mais Marie en sera.

— Parbleu !

Le surlendemain, ce sacré docteur nous invitait tous à venir prendre l'absinthe au Café du Commerce. Cet établissement était situé en face de l'appartement occupé par Marie. Je dois ajouter qu'il faisait un temps abominable ce matin-là. Le docteur nous pria de nous placer près de la devanture et d'examiner avec attention tous les passants. La consigne était peu difficile à exécuter. Il n'y avait presque personne dans la rue. Du reste, à huit heures du matin, par une pluie battante, les provinciaux dorment béatement. Il n'y a que les militaires qu'on réveille si tôt.

Derrière les vitres du café, chaque officier du bataillon plongeait un regard distrait dans la rue, où de grosses gouttes d'eau tombaient dans des flaques de boue jaune.

Tout à coup, l'un de nous s'écria :

— Tiens! voilà Mgr Joachim. On dirait, ma

parole! qu'il sort de chez Marie. C'est nous qui allons payer à dîner au docteur.

— Pas encore, m'écriai-je, Marie n'est pas la seule locataire de la maison d'en face. Rien ne nous prouve donc que l'archevêque ait rendu visite à cette donzelle.

— Pardon, mon commandant, interrompit le docteur, l'évêque retrousse sa soutane pour éviter la boue. Voulez-vous avoir la bonté de me dire quelle est la couleur de ses bas?

— Ils sont blancs.

— Et à jour, dit un sous-lieutenant qui avait bonne vue.

— Cela suffit, reprit le docteur. Messieurs, je vais commander le dîner qui nous réunira tous, ce soir, à l'*Hôtel de France*.

Il eut lieu, en effet, ce dîner du 38e chasseurs. Il fut magnifique et succulent. Ah! messieurs, le département de Lozère-et-Garonne est mortel, mais on y mange. Il y avait sur la table un pâté, un de ces pâtés dont l'aspect seul vous fait venir l'eau à la bouche. Quand le moment fut venu d'entamer cette pièce respectable, le médecin-major me dit :

— A vous, mon commandant, l'honneur de découper le pâté.

Je mis le couteau dans la croûte, je décapuchonnai le pâté. Mes yeux plongèrent dans l'intérieur du monument culinaire. Il n'y avait rien, rien qu'un carton blanc noué d'une faveur rose. Je m'emparai de cette boîte, à la stupéfaction générale des convives. Seule, Marie était devenue un peu rouge, mais ne paraissait pas étonnée.

— Ouvrez le carton, me dit-elle.

Je m'exécutai et je retirai immédiatement une paire de bas en soie violette marqués en rouge d'un énorme J.

Je vous assure, messieurs, que jamais le corps d'officiers du 38ᵉ chasseurs ne s'est amusé comme ce soir-là. C'est de bon cœur que nous avons payé le dîner. Mais n'avais-je pas raison de vous dire que Mgr Joachim est le plus galant des hommes ? »

L'officier était arrivé à destination. Il prit sa valise, salua ses compagnons de voyage, descendit du wagon, ferma la portière, tandis

que les pèlerins entassés dans les secondes hululaient :

De Marie
Qu'on publie
Et la gloire et les grandeurs !
Qu'on l'honore,
Qu'on l'implore,
Elle règne sur nos cœurs.

UNE FREDAINE ÉPISCOPALE

On n'a pas dit le véritable motif du déplacement de Mgr Delacroix, évêque de la Vienne-Inférieure, qui a été tout récemment nommé archevêque de la Basse-Garonne. Un décret a paru au *Journal officiel*, les organes bien pensants en ont reproduit le texte et rien de plus. Ce changement de résidence du digne prélat aurait dû cependant attirer l'attention. Chacun sait combien il avait fait preuve de dévouement catholique et de zèle pontifical dans le diocèse qu'il vient d'abandonner, bien malgré lui sans doute. C'est à son activité qu'on doit la construction du petit séminaire et de l'église Saint-Athanase, une bâtisse toute neuve aux

allures gothiques. Sans Mgr Delacroix, le clo-
cher de la cathédrale n'aurait jamais été ré-
paré, le procès pendant entre la ville et l'administration diocésaine (un procès qui traînait
depuis 1862) n'aurait pas été gagné par l'évêché.

Ce ne sont là du reste que bienfaits tout ma-
tériels.

*
* *

Monseigneur avait su avant tout et surtout
se montrer bon pour les âmes dont il était le
pasteur. Aux grandes époques de l'année, il a
mandé, il est même allé chercher, en personne,
des prédicateurs « à l'instar de ceux de Paris ».
Rien ne pouvait être plus agréable aux dames
chrétiennes qui, sachant apprécier la véritable
éloquence, ont besoin qu'on les édifie sur le
mystère de l'incarnation, la résurrection de la
chair et les mystiques épanchements du Sacré-
Cœur.

C'était pour ces chères, belles, bonnes et
charmantes brebis de son troupeau que Monseigneur avait augmenté la maîtrise de la cathédrale. Le nombre des enfants de chœur avait

été doublé par lui et, bien que l'Église, notre
sainte mère, n'estime point les gens de théâtre,
le prélat avait fait appel au concours du ténor
et du baryton de la troupe locale. Ces deux artistes montaient tous les dimanches au grand
orgue et modulaient un *Sanctus*, un *Agnus Dei* et
un *Kyrie* à la façon de Faure. C'était très bien.
Le diocèse ne demandait qu'à garder Mgr Delacroix. Les mauvaises langues et les libres
penseurs se taisaient même sur le compte de
ce brave homme. Les derniers ne voyaient en
lui qu'un esprit étroit et vulgaire, vivant, à la
façon des ultramontains bornés, pour et par le
culte extérieur. Ils affirmaient, dans les cafés
et dans leurs cercles, que Monseigneur était
un honnête imbécile, confit dans ses pratiques
dévotes comme un cornichon dans du vinaigre.
Tout au plus deux ou trois exaltés insinuaient-
ils que l'évêque voyageait beaucoup et que
c'était louche. Mais on leur imposait vite silence. N'était-il pas naturel qu'un homme
aussi attaché à ses hautes fonctions sacerdo-
tales fût souvent par voies et par chemins?

C'était à Paris surtout que se rendait fré-

quemment Monseigneur. Rien de plus logique.
N'est-ce pas dans la capitale que fonctionnent
le Crédit des paroisses, l'œuvre des messes
fondées, la Direction des sermons, homélies
et conférences, toutes institutions auxquelles
les évêques ont si souvent recours?

Il y a trois semaines environ Monseigneur
quittait Paris où il avait passé deux jours à
courir au ministère des cultes et dans tout le
quartier Saint-Sulpice. Il se fit conduire à la
gare d'Orléans de bon matin. Il y arriva assez
tôt pour pouvoir s'installer commodément
dans un des coins du wagon de première, qu'il
ne devait quitter que vers le milieu de la
journée.

Le train allait partir. Sur le quai, un homme
d'équipe fermait les portières de chaque compartiment. A la limite du hall vitré, la locomo-
tive soufflait de grosses bouffées de fumée.
Très rapidement poussé par deux manœuvres,
un camion roulait sur l'asphalte emportant les
derniers bagages vers le fourgon. Il était sept
heures vingt-cinq.

Tout à coup, une grosse dame assez mûre se

précipita de la salle d'attente des premières
sur le quai, après avoir vite exhibé son billet
au contrôleur. Tout en soufflant, elle se di-
rigea à pas pressés vers le wagon où Monseigneur resté seul commençait à murmurer ses
oraisons du matin. Un employé la suivait portant ses menus bagages — sac de voyage, sac
de nuit, rouleau de couvertures et de châles,
panier bien clos. Il hissa la voyageuse jusqu'au compartiment où il installa tout ce dont
elle l'avait chargé. Puis, quand elle lui eut
donné cinquante centimes, il salua, redescen-
dit sur le quai et ferma la portière. — Il était
temps, le train partait.

Monseigneur priait. Il avait sur les lèvres
un petit mouvement rapide et par moments il
faisait un grand signe de croix. Mais il était
positivement distrait. A coup sûr, il avait déjà
vu sa compagne de voyage. Mais où, et comment? Alors il se souvint vaguement. A Pâques,
l'année dernière, il lui avait donné la communion au maître autel de la cathédrale. Ce fut
même la dernière de toutes les dames qui com-
munièrent. Décidément Monseigneur n'avait

pas la berlue. Il reconnaissait très bien cette chrétienne. Aujourd'hui, comme il y a un an, elle portait le même chapeau avec la même plume bleu de ciel qui convenait peu sans doute à une femme d'âge. Enfin il faut être indulgent pour les petits travers de l'humanité.

* *

Après Étampes, l'évêque se sentit positive ment incommodé. Il avait trop chaud.

— Mon Dieu ! madame, demanda-t-il, seriez-vous assez bonne pour me permettre d'ouvrir la fenêtre ?

— Mais comment donc, Monseigneur, répliqua la voyageuse.

La glace était rompue. La conversation s'engagea. D'abord oiseuse et banale, elle devint peu à peu plus intéressante. En traversant les plaines de la Beauce, le prélat, qui n'a jamais oublié son origine rurale, se livra à une longue et savante discussion sur l'agriculture, sur le rendement des terres durant ces dernières années et sur l'élève du bétail. La dame ne savait tout cela que par oui-dire. Sans doute, elle possédait cent hectares bien péniblement gagnés. Mais elle les avait affermés. Ses occupations la retenaient presque toute l'année dans le chef-lieu de la Vienne-Inférieure. De temps à autre seulement elle allait visiter sa propriété. Mais elle était forcée de rentrer presque aussitôt. C'était plus fort qu'elle et pourtant elle aurait dû avoir confiance dans les personnes chargées de la seconder : deux femmes pleines d'expérience, excellentes pour les pensionnaires.

— Madame s'occupe d'éducation? insinua doucement l'évêque.

La voyageuse répondit après avoir toussoté légèrement :

— Oui... d'édu... c'est cela, d'éducation. Ah! Monseigneur, si vous saviez quel mal on a!

— Je sais, je sais... Les jeunes filles sont quelquefois acariâtres, pénibles, capricieuses surtout, oh! oui très capricieuses. Le saint évêque de Cambrai a fort bien défini tout cela dans son *Traité d'éducation*. Personne ne s'ex-

primera mieux sur ce sujet que ne l'a fait
Fénelon.

*
* *

La dame cependant continuait à exhaler ses
doléances. Elle avait presque exclusivement affaire à des demoiselles d'autres contrées, des
filles pas commodes, qui pour un rien faisaient des scènes atroces et étaient souvent
d'une révoltante paresse. Pour comble de malheur, mademoiselle Blanche, sa meilleure
élève, avait été obligée d'entrer en pension à
Paris, dans une grande institution située près
des Champs-Élysées. Elle venait de l'y accompagner dans l'espoir de recruter comme com-
pensation quelque sujet brillant. Mais elle n'en
avait trouvé aucun.

Monseigneur écoutait avec attendrissement
ces plaintes, qui tombaient presque mouillées
de larmes. Il avait des mouvements de tête et
de mains tout pleins de pitié, tandis que la
voyageuse parlait.

A Vierzon, l'évêque et la dame étaient tout à
fait amis. Ils ne descendirent point pour dé-

jeuner au buffet. Monseigneur voulut bien accepter un doigt de madère et une tranche de pâté de saumon que lui offrit sa compagne de route. Ils causèrent de la haute société du département, tout en faisant leur digestion. La bonne dame avait précisément des relations superbes. Elle connaissait tout le monde. Elle jugeait très justement que M. le préfet n'avait pas besoin d'être provoqué pour faire preuve d'une ardeur légèment compromettante. C'était tout le contraire avec M. le premier président, un digne magistrat qu'il était nécessaire d'émoustiller et qui n'est vraiment bien à son aise que dans les conversations intimes et familières. Le général était un vantard. Jadis il avait dû être des premiers à l'action, mais aujourd'hui... Très régulier, l'ingénieur en chef avait des habitudes de pendule : c'est un homme qu'on voit à jour et à heure fixe.

Monseigneur admirait positivement la rectitude de jugement de la voyageuse. Elle fit défiler ainsi une foule de gens qu'il connaissait et elle portait sur chacun d'eux une appréciation très bien fondée.

**

Cependant on approchait du chef-lieu de la Vienne-Inférieure. Bientôt le train roula avec fracas sur les plaques tournantes et il entra en gare avec un long sifflement. Monseigneur descendit du wagon et attendit la dame sur le quai. Quand celle-ci eut arrangé sa série de paquets, elle voulut appeler un homme d'équipe pour se débarrasser de sa charge.

— Je vous en prie, madame, dit l'évêque en intervenant, voici mon domestique qui prendra tout cela. Je serai du reste fort honoré si vous voulez bien me permettre de vous reconduire dans ma voiture jusqu'à votre domicile.

— Mais, Monseigneur...

— Il n'y a pas de Monseigneur. Faites-moi ce plaisir.

Sur le quai de la gare, une dizaine de badauds, témoins de cette scène, commençaient à s'attrouper. La dame ne résista plus.

Quand elle fut arrivée devant la calèche épiscopale, le prélat lui dit :

— Madame, veuillez donner votre adresse à mon cocher.

A voix presque basse, elle souffla quelques mots dans l'oreille de l'automédon, qui parut stupéfait.

— Allons ! Joseph, s'écria l'évêque, qui vous arrête ? Conduisez-nous chez madame. Vous me mènerez ensuite au Palais diocésain.

Et il monta dans la voiture où se prélassait l'éducatrice de jeunes filles.

⁎⁎

Le cocher fouetta ses chevaux qui traversèrent au grand trot les quartiers neufs où les boudinés de l'endroit attablés devant les cafés se levaient et regardaient curieusement l'équipage de Monseigneur. On arriva ensuite dans les faubourgs pauvres. Des ménagères qui faisaient sécher des langes pisseux au soleil d'hiver levaient les bras au ciel d'un air de commisération profonde. Des ouvriers rigolaient ferme. L'évêque n'y comprenait plus rien. Enfin, la voiture parvint presque hors de ville, devant une grande maison isolée, solennelle, triste, ayant l'air presque abandonnée avec ses volets jaunes hermétiquement clos.

— Je vous remercie, Monseigneur, fit la dame, me voici arrivé chez moi. Merci encore une fois.

Et elle descendit. Le prélat restait bouche béante entièrement stupéfait. Il ne put rien répondre. Comprenant enfin, il dit à son cocher :

— Vite, vite, Joseph, au Palais diocésain... Quelle sotte aventure, tout de même.

.   .   .   .

Voilà pourquoi Mgr Delacroix a quitté l'évêché de la Vienne-Inférieure pour devenir archevêque de la Basse-Garonne.

VENGEANCE D'ALLEMAND

« Ne vous étonnez pas de me voir morose et renfrogné, m'a dit hier le lieutenant-colonel Roger, je ne suis pas un Ramollot. Mais j'ai mes heures de tristesse durant lesquelles de grands papillons noirs viennent se cogner contre ma pauvre cervelle. Et pourtant j'étais si gai, si gai autrefois... avant cette affreuse guerre de ·1870. Comme on change, mon ami ! »

Il s'interrompit, tortilla sa moustache grisonnante, eut un petit mouvement nerveux dans la joue, tout près de la pommette, puis se passa la main sur les yeux d'où une larme paraissait vouloir tomber.

« Après tout, reprit-il, je ne sais pas pourquoi je vous cacherais la cause de ma tristesse. C'est un peu le secret de Polichinelle aujourd'hui. Mes camarades de captivité en Allemagne vous ont peut-être déjà conté cette histoire. Mais, hélas! nul ne la connaît mieux que moi.

**

J'étais à Sedan : je fus pris avec les autres. Pas moyen de fuir. C'était une capitulation bien en règle qu'avait signée Napoléon III. Dans un mouvement de colère je brisai mon épée pour n'avoir pas à la rendre.

Le lendemain on nous expédiait, quelques camarades et moi, sur Carlstadt, en Bavière. C'était là que nous devions séjourner durant cinq longs mois. Un vrai trou au fond duquel grouillent cinq mille philistins bavarois, ce Carlstadt! Plutôt longue que large, cette localité a quelques allures de capitale ou du moins elle les prend. Il y a des cités comme cela. Les maisons inégales et mal alignées se collent et se serrent les unes aux autres. Peu ou

point de mouvement dans les rues. L'arrivée
d'un chien du dehors est un événement dont
on cause pendant trois semaines. Ni industrie,
ni commerce : une population de petits ren-
tiers à trois mille six cents francs qui dorment
pendant dix heures, déjeunent en se levant,
dînent à midi, goûtent à quatre heures, sou-
pent à huit et prennent un morceau sur le
pouce avant de ce coucher. Quand ils ne mangent pas, ils ingurgitent d'énormes chopes de
Lagerbier et quand ils ne s'abreuvent pas, ils
fument d'affreux cigares de Hambourg ou de
Brême. Après ces multiples occupations, s'il
leur reste du temps, ils lisent la *Germania* ou
la *Norddeutsche allgemeine Zeitung*... en com-
mençant par les annonces.

La guerre les avait littéralement désolés.
Beaucoup, parmi eux, avaient un fils ou un
frère en France. Sans doute, ils étaient pleins
d'anxiété pour ces parents devenus soldats.
Mais au fond, ils regrettaient davantage encore
le départ du 40e régiment d'infanterie bavarois
qui tenait garnison dans leur ville. Plus d'officiers en tenue bleu de ciel, traînant leur

3

sabre sur le pavé du *Kirchplatz*. Plus de musique militaire durant les tièdes après-dînées
d'automne. Plus de soldats hurlant la *Wacht
am Rhein* dans les pintes. Seuls, les officiers
français, — surveillés par les miliciens du
landsturm, — promenaient leur mélancolie
sous le ciel bas de cette petite ville désolante
et désolée.

Les trois premières semaines, ce fut une
existence terrible pour nous. Aucune nouvelle
de nos familles ou de nos amis; pour toute
lecture des journaux allemands, une nourriture exécrable, enfin des gens qui nous regardaient avec des mines blanches et froides :
vous voyez cela d'ici.

*
* *

A la longue cependant, nous trouvâmes à
nous occuper.

Hélas! nous fîmes contre fortune bon cœur.

Guy de Vaulcomte, qui était alors capitaine
de cuirassiers, rendit heureuse une marchande

de draps dont le mari était dans la landwehr et vaguait quelque part, entre Bitche et Metz. Le hasard me mit en rapports avec la commandante von Silberstein, femme d'un officier supérieur. C'était une charmante Hongroise, amie des Français et remplie de prévenances pour les prisonniers. On parlait beaucoup du commandant à Carlstadt. Il avait acquis une véritable réputation parmi les philistins. C'était lui qui leur donnait le ton. Il était président d'honneur du cercle la *Bavaria*, dans la grande salle duquel on avait accroché sa photographie. Il était représenté là en grande tenue. Sous ses favoris et sa moustache, ce gros homme mafflu ressemblait à un phoque en convalescence.

Il y avait véritablement un très légitime orgueil à le rendre ridicule.

Ce sentiment devint autrement vif et sérieux quand je connus madame de Silberstein. La vanité céda la place à la passion. Je vous assure que la commandante était digne d'être aimée.

*
* *

Pauvre, pauvre Olga, je l'aurai toujours devant les yeux. Avez-vous vu Nilsson au temps
de sa maturité? C'était la même femme.
Blonde, blanche, avec des yeux bleus comme
des pervenches, elle avait les mains petites et
le rire argentin. J'entends encore le son de sa
voix. Elle lisait nos poètes avec un très léger
accent germanique. Elle aimait Beethoven,
Chopin, Hugo, Delacroix. Ses goûts étaient
français. On l'avait créée pour vivre parmi
nous de notre vie artistique et raffinée. Ce n'é-
tait pas sa faute si elle avait épousé cette brute
de Silberstein; fille de nobles hongrois ruinés,
elle avait été obligée de mettre sa main dans
celle de ce gros buveur de bière.

Lui, dès les premiers temps de leur union,
l'avait considérée comme un bel animal de
prix qu'il fait bon exhiber devant les badauds.
Il n'établissait presque aucune différence entre
sa femme et sa jument Hella. Dans ses jours
de mauvaise humeur, il employait les mêmes
arguments contre l'une et contre l'autre.

La bête le jeta par terre, un beau soir, et l'on reçut la nouvelle que, d'une ruade, elle lui avait cassé deux dents.

La femme le détesta d'abord et se vengea ensuite. Je fus l'instrument de sa haine. Elle m'aima au début parce que je l'aidai à tromper Silberstein. Puis, peu à peu, elle oublia ce butor pour ne penser qu'à nous.

Vers la mi-novembre, Olga devint sérieuse et presque triste.

Je la questionnai. Je voulus connaître le motif de sa mélancolie. Après de nombreuses hésitations, elle parla : « Je suis enceinte, me » dit-elle. Tout le monde saura que mon en- » fant n'est pas à mon mari. C'est bien main- » tenant qu'il faut fuir. Mon bien-aimé, allons- » nous-en, allons-nous-en ! »

* *

— Écoute, lui répondis-je, attendons la fin de la guerre. Je serai libre et je jure de t'enlever.

Des jours, et des semaines s'écoulèrent. Elle et moi continuions à nous aimer.

3.

Un matin de janvier, quelqu'un me prévint
que le commandant de Silberstein, assez griève-
ment blessé à Patay, était rentré convalescent
à Carlstadt, après avoir longtemps séjourné
dans les ambulances. Je fus stupéfait. Donc je
n'allais plus voir Olga, donc c'était fini, bien
fini ce grand amour. J'essayai de parler à ma
maîtresse, de lui faire passer un billet, d'avoir
de ses nouvelles. Peines inutiles. Je compris
que la pauvre femme était surveillée de près et
pour ainsi dire cloîtrée.

J'acquis bientôt la certitude que Silberstein
savait tout. Des gens avaient surpris le secret
d'Olga et le mien ; nous nous étions d'ailleurs
si imprudemment aimés ! On avait donc parlé.
Un soir, Lansac me dit : « Tu sais, le gros
major bavarois, qui a le bras en écharpe, te
cherche. Tiens, justement le voici. »

Silberstein marchant à pas comptés s'avan-
çait en effet. Quand il fut à dix pas de nous, il
salua militairement.

— Monsieur le capitaine Roger, fit-il, après la
signature du traité de paix, j'aurai l'honneur de
vous demander une réparation par les armes.

— Je vous l'accorderai, monsieur le major,
repris-je, et j'espère même débarrasser la Bavière de votre sotte personne.

— N'insistez pas, monsieur, répliqua-t-il,
vous êtes mon inférieur en grade et notre prisonnier de guerre. Les impertinences pour-
raient vous coûter cher.

Et roide, solennel, il nous salua de nouveau,
fit demi-tour à droite et s'éloigna.

Le soir même j'apprenais qu'il avait fait
partir Olga pour une destination inconnue.
Ainsi, il me devenait impossible de tenter un
enlèvement. Ce Silberstein semblait vouloir
couper court à tous nos projets.

* *

La guerre prit fin. J'allais donc pouvoir
au moins croiser le fer avec le commandant
bavarois. Je lui envoyai Lansac et Guy de Vaulcomte. Il les reçut avec une sorte de politesse
mielleuse et il ajourna notre rencontre.

— Je souffre encore de ma blessure, leur
dit-il, de plus, je ne veux pas alarmer madame

de Silberstein qui est enceinte. Ce qui est différé n'est pas perdu, messieurs. Je suis l'offensé d'ailleurs. J'ai le choix du moment et des armes. Dès que je serai prêt, je préviendrai M. le capitaine Roger.

Ce Sganarelle reculait donc. Mes amis rédigèrent un procès-verbal dans lequel ils constatèrent ce fait et nous reprîmes le chemin de la patrie.

Six mois s'écoulèrent sans que j'eusse des nouvelles de Carlstad. Enfin, le 20 juillet 1871, je reçus la lettre que je vais vous lire :

« Monsieur,

» J'ai le regret de vous apprendre que madame la comtesse Olga de Silberstein vient de mourir en donnant le jour à un fils que j'ai nommé Hans-Gustave et reconnu comme mon légitime enfant. L'éducation de Gustave, dont je compte faire un bon sujet de S. M. Louis II, m'oblige à différer pour longtemps le règlement du litige qui nous divise. Mon fils se chargerait plus tard d'ailleurs, j'en suis sûr, de vous demander raison si vous portiez atteinte à mes droits.

» Avec considération,

» RUDOLF VON SILBERSTEIN. »

Ainsi cet homme m'a pris mon enfant et il fait de ce pauvre être, dans les veines duquel coule le sang français, un irréconciliable ennemi de la France. J'en suis sûr. Je parle ainsi parce que j'ai vu. L'an dernier, à la revue du 14 juillet, Silberstein était à Longchamp avec Gustave. J'ai très bien reconnu l'enfant : il ressemble à sa mère et à la mienne. Eh bien ! ce misérable Silberstein m'a désigné à lui et j'ai surpris de la colère, presque de la haine, dans les yeux du petit. On aurait dit qu'il voulait me tuer.

Ah ! mon ami, mon cher ami, quand donc pourrai-je aller à Carlstadt à la tête de mon régiment reprendre le fils que l'on m'a volé ?... »

Et le lieutenant-colonel pleura.

LE LIVRET DU MARI

Vers une heure, elle est sortie de son appartement situé dans le haut de la rue de Rome. Elle a fait l'admiration des gens avec lesquels elle voyageait dans l'intérieur du petit omnibus Wagram-Bastille. Un vieux juif, qui va aux ventes du Mont-de-Piété, l'a même regardée avec une insistance ridicule. Je vous demande un peu si les grands yeux noirs de Marguerite, si ses lèvres bien en chair, ses dents blanches, son nez fin quoique un peu trop recourbé sont pour ce grigou. Est-ce pour lui qu'elle a mis aujourd'hui cette casaque de drap noir à brandebourgs et à collet d'astrakan qui la fait ressembler à un capitaine d'artillerie de l'armée d'Amour ? Ce n'est pas davantage pour le gros homme à favoris blonds et à mise prétentieuse, assis dans le coin, qu'elle a encadré sa tête dans une capote de velours bleu marine doublée de satin blanc. Le plus heureux dans l'omnibus ça a été sûrement le conducteur. Il a au moins eu le plaisir de tenir dans ses gros doigts la main fine et bien gantée de Marguerite, quand celle-ci est descendue, place des Vosges, en face de la rue de Béarn.

Avec un léger balancement des reins, elle s'est dirigée vers la caserne des Minimes. Le gendarme qui montait la garde à la porte, le beau gendarme bien astiqué, s'est informé très poliment de ce qu'elle voulait.

— Monsieur, lui a-t-elle dit avec un sourire aimable, c'est pour le livret de mon mari.

— Habite-il Paris ?

— Oui, monsieur.

— Dans ce cas, au fond de la cour, Vous verrez le bureau.

Et Pandore reprend sa marche de sentinelle tout en regrettant de n'avoir pu prolonger la conversation.

⁂ •

Au fond de la cour, Marguerite a trouvé le bureau. Sur la grande porte jaune à deux battants, elle a lu : « Entrez sans frapper. » Elle a pénétré dans une barrière en chêne derrière laquelle des gendarmes en pantalon bleu et en gilet de laine paperassent et se livrent à des exercices de haute calligraphie. Il a fallu attendre. Une vingtaine de jeunes gens devaient passer avant Marguerite. Elle a patienté. Elle ne s'emporte jamais. C'est si inutile ! Pour tuer le temps elle a compté le nombre des scribailleurs. Il y en avait douze. Puis elle s'est amusée à faire crier doucement le bout de son parapluie sur le bitume. Enfin elle a répondu aux propos que débitait derrière elle un petit jeune homme très comme il faut :

— Est-ce assez ennuyeux de poser ainsi ? Ils n'en finissent pas !

— Que voulez-vous, monsieur, c'est encore bien heureux si nous ne sommes pas forcés de revenir !

4

*
* *

Elle parle de cela en femme habituée à ces démarches, et qui ne les fait pas pour la première fois. Tout en causant, elle se retourne vers son interlocuteur, lui jette un bon coup d'œil et lui adresse un joli sourire. Le monsieur se sent très ému. Il a des battements de cœur sous son paletot vert bouteille à longues basques et à boutons de corne larges comme des pièces de cent sous. Marguerite lui procure une petite sensation d'orgueilleuse volupté qui le picote à fleur de peau. Une idylle avec une femme du monde dans le bureau de la gendarmerie, c'est charmant !

Tous deux continuent de causer. Lui s'emballe positivement tandis qu'elle reste très calme, mais devient de plus en plus provocante avec ses regards d'amoureuse savante.

Cependant son tour est venu. Un des gendarmes, un grand blond Alsacien très ferré sur le service, s'est levé et lui demande ce qu'elle désire.

« Mon Dieu ! voilà, ça paraît compliqué,
» mais au fond c'est très simple. Il y a eu un
» incendie chez elle. Son mari a laissé brûler
» son livret de service. Il va falloir le rempla-
» cer. Elle est déjà venue pour cette affaire.
» Mais on l'a renvoyée au bureau de recrute-
» ment qui l'a fait courir à la mairie où on
» lui a dit de repasser à la caserne. »

— Où monsieur votre mari a-t-il tiré au sort ?
demande le gendarme.

— Boulevard Voltaire.

— Boulevard Voltaire. Poste-caserne de
Charenton, madame. C'est là qu'il faut retourner.

— Mon Dieu ! c'est désolant, gémit-elle, je
n'en sortirai donc jamais.

Et elle se dirige doucement vers la porte,
tandis que le monsieur comme il faut explique
son cas au gendarme qui, après avoir cherché
dans des paperasses classées et numérotées,
lui remet une feuille maculée d'écriture administrative, d'un timbre bleu et de visas à
l'encre rouge.

Dans la cour, Marguerite s'arrête un moment pour regarder l'horloge, rajuste les brides de son chapeau et se dispose à sortir quand elle est rejointe par son voisin de tout à l'heure. Il est tout à fait hardi maintenant.

« Il ne sait pas vraiment s'il doit oser. Mais lui-même est obligé d'aller à Charenton voir un oncle malade. Il va prendre une voiture. Si madame voulait lui faire l'honneur d'en profiter. »

« Elle ne refuse pas. Mais elle est vraiment confuse de détourner un galant homme de son chemin. Le poste-caserne n'est point en effet dans Charenton même, il se trouve aux fortifications, monsieur doit le savoir. »

« Il le sait. Mais elle lui fera un très grand plaisir si elle veut partager le flacre qu'il vient de héler », un sapin de l'*Urbaine* avec un cocher trognonné sous son chapeau blanc.

Il a tellement insisté que Marguerite n'a pas eu le courage de résister. Elle n'a jamais compris qu'on soit impertinente avec les messieurs.

.*.

Quand le flacre est arrivé devant les fortifications, Marguerite l'a fait arrêter à dix mètres
environ du poste-caserne. Puis elle est descendue après avoir donné du revers de la main
un coup dans la soie trop fripée de sa robe.

— C'est curieux, a-t-elle murmuré, comme
on se froisse en voiture !

Enfin s'adressant au jeune homme :

— Au revoir, a-t-elle dit, et merci mille
fois. N'oubliez pas l'adresse : 209, rue de Rome,
madame Marguerite Alisson. Vous serez le
bienvenu.

La voiture a filé dans la longueur du boulevard Poniatowski très désert, tandis que la
petite femme montait au premier étage du
poste-caserne. Beaucoup de monde encore
dans l'antichambre du bureau de recrutement.
Sur les murs blanchis à la chaux des affiches
imprimées et des pancartes à la main rappellent aux réservistes l'époque de la convo-
cation ou bien formulent des recommanda-

tions disciplinaires dans un style impérieux
et bref. Des guichets à verres dépolis s'ouvrent
de temps en temps, laissent paraître la tête
tondue d'un secrétaire d'état-major serré dans
sa tunique au collet garni de foudres en laine
blanche.

Sur un banc, à côté de Marguerite, un
vieux monsieur solennel, propret, à favoris
blancs et à lunettes d'or, raconte qu'il est venu
à cause de son fils, un pauvre garçon malade
qui vient d'être appelé pour les vingt-huit
jours. Il a obtenu un sursis l'été dernier. Il lui
en faut encore un. On ne peut pourtant pas
envoyer manœuvrer à Sens un garçon qui
marche avec des béquilles.

Et le bonhomme exhibe des certificats médi-
caux paraphés par le commissaire de police.
Marguerite s'attendrit. Elle sait ce que c'est
que la maladie. Elle a dû soigner son pauvre
mari qui a eu une cystite. Elle parle médecine
avec le vieux qui la trouve positivement très
savante et très bien élevée. Il se plaît à voir sa
petite tête de pomme ridée reflétée dans les
beaux yeux noirs de la jeune femme. Il lui

prend une envie folle de compter, avec le bout
des doigts, les quenottes blanches qui se mon-
trent toutes les fois que Marguerite sourit.

Cependant la voilà devant le guichet. Elle
explique son affaire au sergent. C'est toujours
l'histoire du livret de service incendié.

Aux Minimes, les gendarmes l'ont renvoyée à Charenton, parce que son mari a tiré
au sort boulevard Voltaire. C'est une rude
course quand on demeure, comme elle, tout
en haut de la rue de Rome, à Batignolles.

Vous dites que vous logez à Batignolles? fait
le sergent.

— Oui, monsieur.

— Mais Batignolles, Batignolles... attendez
donc. Il vous faut aller à Passy, poste-caserne
n° 2. C'est là qu'on vous renseignera, madame.

Très résignée, Marguerite dit doucement en
regardant le vieux monsieur :

— Eh bien ! j'irai demain à onze heures du
matin, avant mon déjeuner. Vous dites, militaire, que ce poste-caserne se trouve à Passy?

— Oui, à Passy, près de la Muette, réplique
à la hâte le sergent.

— Près de la Muette, répète la jeune femme tandis que le vieux monsieur écrit sur un calpin avec un crayon en argent :

« *Memento*. Muette. Poste-caserne n° 2. Déjeuner. »

Et, tranquille comme cet empereur romain qui croyait n'avoir point perdu sa journée quand il a fait une bonne action, Marguerite sort du bureau de recrutement.

UNE VIEILLE GARDE

———

Un peu gris, de Viviane m'a dit ceci hier, après dîner :

Une drôle de fille, cette Henriette ! Elle adore la fête, les odeurs capiteuses, les beautés brutales de l'Auvergnat du coin, les récits pommadins des fignoleurs de phrases, le champagne rosé au grand cabaret, et la limonade gazeuse chez les restaurateurs de banlieue. Un tempérament de grue, une éducation de femme du monde par exemple. C'est peut-être une des Parisiennes qui savent encore soutenir décemment une conversation. Elle siffle l'anglais, jure en allemand, chante en italien. Elle n'aime

pas les naturalistes qu'elle trouve « trop cochons ». En revanche, elle dit presque aussi
bien que la meilleure artiste de la Comédie
française la *Nuit d'Octobre* ou les *Pauvres Gens*.
Elle joue du Chopin comme d'autres du Métra,
ou du Strauss. Le critique Carlin d'Argentilly,
le dernier des catholiques et des dandies, prétend même qu'elle est autrement musicienne
puisqu'elle a commencé à racler du violon dans
les cours. Il affirme lui avoir donné vingt
francs pour la faire taire, un soir qu'elle le
poursuivait avec des hymnes à la gloire de
l'Italie une, libérale, constitutionnelle monar-
chiste quoique garibaldienne. D'autre part, le
général Exupère de la Villenoisette affirme
qu'Henriette est la fille d'un ancien officier supérieur, son camarade de promotion. Selon lui,
elle aurait été élevée à Saint-Denis où ces
dames ont longtemps gardé un bon souvenir de
sa très vive intelligence. C'est là de l'histoire
peut-être ; mais je préfère la légende inventée
par Carlin.

Les maladroits et les imbéciles déclarent
tout haut qu'Henriette de Saint-Ildefonse est

une vieille garde. C'est le mot à la mode. Il
sert, paraît-il, à désigner les bonnes filles qui
ont dépassé la trentaine. Je vous demande un
peu si, à ce moment-là, les femmes ne sont
pas plus appétissantes, affriolantes, expertes et
désirables qu'à dix-sept ans.

C'était d'ailleurs l'opinion du grand Balzac, de
Charles de Bernard, voire de Stendhal. Ce n'est
pas celle de Gomgomme, de Van der Pschutt
et autres nobles étrangers qui ont apporté un
nouveau parisianisme dans Paris. Au fond, c'est
l'éternelle histoire du Renard et des Raisins ;
on débine ce que l'on ne peut pas croquer. Si
Henriette, par exemple, s'amusait à répondre
à toutes les déclarations qu'elle reçoit, elle aurait vraiment de trop grandes occupations.
Elle n'y suffirait pas et, très charitable pour
ses semblables, elle prétend volontiers qu'il
faut que tout le monde vive. Cette pensée
quoique un peu banale part d'un bon naturel.

Il y a longtemps qu'Henriette et moi nous
sommes entrés en relations. Je raconterai
peut-être un jour comment nous sommes devenus amis. — *Amis,* le mot y est. Je le crois

exact, car, à part deux ou trois circonstances
exceptionnelles après lesquelles nous nous
sommes trouvés très sots tous les deux, nous
nous en sommes tenus à de simples conversations. Je ne puis en disconvenir : Henriette est
très belle. C'est une de ces blondes opulentes
et grasses que l'épopée de *Nana* a remises à la
mode. Mais quoi ? on ne se change point, n'est-
ce pas? Eh bien! j'aime les fausses maigres, les
femmes à surprises, autour desquelles il faut
faire un voyage de découvertes. Henriette a les
yeux noirs, et j'adore les regards clairs sous
des cheveux bruns. Ils me rappellent si bien
la Méditerranée toute bleue sous un climat
chaud. Et puis pourquoi mon amie est-elle si
grande, si grande? Je vous assure qu'elle m'a-
moindrirait trop si nous sortions de notre ré-
serve convenue. Enfin, j'ai souvent besoin
d'être aimé par une femme très bête que je domine et à laquelle j'interdis absolument la parole. Allez donc voir s'il est possible d'agir
ainsi avec Henriette !

Le meilleur moyen d'être en bons termes
avec les femmes du monde d'Henriette, c'est à

coup sûr d'en rester où nous en sommes elle
et moi. Les sots imaginent tout de suite qu'on
ne va pas chez elle uniquement pour enfiler
des perles. C'est une erreur très souvent. On
serait trop tôt déçu, désillusionné et désabusé
si les choses se passaient autrement. Tenez, je
vous l'ai dit, nous avons été beaucoup trop
loin deux ou trois fois Henriette et moi. Eh
bien ! nous nous sommes sentis si ridicules, si
mécontents l'un de l'autre que nous avons demeuré longtemps sans nous revoir, malheureux
de notre éloignement mutuel, mais trop humi-
liés par une bêtise réciproque qui nous avait
laissé plus de dégoût que de satisfaction.

Durant ces bouderies toujours trop longues,
je trouvais mon entresol de garçon plus froid,
plus désert, plus sombre. Je n'avais pas le
courage de gronder mon larbin qui laissait
mourir le feu dans les cheminées et s'étioler
les plantes vertes dans les vases de vieux Sin-
ceny. Au cercle, j'avais une de ces déveines
persistantes et j'étais sûr d'attraper une culotte
carabinée. S'il m'arrivait d'aller à la campagne,
il pleuvait, pleuvait, pleuvait à grands seaux.

Les femmes bêtes qui font mes joies amoureuses ne pouvaient garder le silence et jacassaient comme des pies.

Pendant une de ces ruptures, j'ai même eu l'art de mécontenter un de mes oncles, podagre millionnaire, qui s'est éteint rapidement et a laissé sa fortune à la compagnie des Petites-Voitures, à charge par celle-ci de donner tous les ans un prix au cocher le plus insolent.

J'ai fini par penser, moi païen superstitieux, qu'Henriette est pour moi une sorte de madone. Volontiers si je pouvais et si elle n'était pas si lourde, je l'accrocherais à mon cou comme font les catholiques qui portent des scapulaires et des médailles sous leurs gilets de flanelle. Elle ne me causerait pas plus de sensation que ces objets bénis. Mais je crois tant en elle que je suis convaincu qu'elle me porterait bonheur sans cesse !

Cette affection si complète est partagée du reste. Quand il m'advient de ne pouvoir aller causer une heure ou deux, chez elle, dans la ournée, Henriette est d'une humeur exécrable. Je suis devenu une de ses habitudes. Nous

nous retrouvons à certains moments et dans certains endroits, par convention sans doute, mais aussi parce que nous sommes fort heureux de nous rencontrer. Volontiers je nous comparerais à deux époux très sages qui s'aiment d'autant plus qu'ils respectent leur li̇ té et ne se demandent jamais compte de leurs actions.

Cette amitié-là fait beaucoup jaser, je le sais. A mon grand regret, j'ai été obligé de fourrer deux pouces de fer dans l'estomac d'un gros nigaud qui avait répété trop haut ce que d'autres lui avaient soufflé très bas. Vous savez que ces jaloux me désignaient comme le protecteur intéressé d'Henriette. La pauvre chère n'assaisonne pas ses intimes à la maître d'hôtel. Elle est beaucoup, beaucoup trop positive pour cela, allez.

N'importe! Ces cancans ont porté. C'est à cause d'eux, mon ami, que j'ai manqué mon mariage avec Célestine Boudois, la fille du riche maquignon. Vous savez : elle a épousé Aguafresca, un rastaquouère pour tout de bon, qu'elle a quitté, six mois après la noce, pour

vivre avec un garçon boucher qui la bat. Eh
bien vous le voyez, sans Henriette, je me ma-
riais et j'étais cocu! N'avais-je pas raison de
dire que cette fille-là me porte chance? Sans
compter, mon cher, que je suis sûr qu'elle ne
me trompe pas — même avec ses amants.

UN HOMME UTILE

Tout petit, il fut mis au collège par son père resté veuf et qui n'avait pas le temps de s'occuper d'un enfant. Il ne connut ni les jeux libres, ni les chansons qui dansent aux oreilles du moutard qui s'endort, ni les propos de table, ni le coin de la maison que l'on affectionne spécialement, ce coin où l'on a caché ses joujoux, où l'on a été mis en pénitence et qui plus tard vous cause une poignante émotion. Tout de suite, il fut interne. Il sortait de chez sa nourrice pour entrer au lycée. On l'avait mis à la campagne parce qu'il eût été gênant à Paris. On aurait dû l'y laisser à per-

5.

pétuité. Mais son père était trop bien élevé
pour faire de lui un paysan. Il préféra enfer-
mer le petit, le condamner à la prison sans
fin. Ce bourgeois crut bien faire, il se confor-
mait à l'usage après tout, il agissait comme son
voisin et le voisin de celui-ci.

Le petit fut donc bouclé, coffré. Il était le
plus jeune des huit cents élèves du lycée. Le
premier jour, cela sembla drôle de voir ce
bambin perdu dans des culottes trop larges et
dans une veste de drap bleu qui lui grattait le
cou. Puis, à la récréation, les autres se mo-
quèrent de lui parce qu'il ne parlait pas comme
eux. Il les avait appelés *les gars* et ce mono-
syllabe prononcé avec un gros accent rustique
leur avait chatouillé l'oreille et les faisait rire.

Un mois après, il était tout comme eux au
courant de l'argot du bahut. Dix ans, il vécut
dans les cours noires autour desquelles les potaches tournent comme les ours du Jardin des
Plantes dans leurs fosses. Il n'eut plus sommeil à cinq heures du matin, il mangea à sept
heures, à onze heures et, le soir, à huit heures,
une nourriture qui ne variait pas. Il éprouva

le besoin de ne pas être puni et il observa le
règlement. On lui façonna une sorte d'intelligence médiocre. Il crut en Dieu sans être reli-
gieux; il traduisit Horace, mais ne comprit pas
Lucrèce : il tint Boileau pour un homme de bon
sens et ne lut point Diderot. En cachette, il dé-
vora les poésies de Musset et, les yeux fermés,
la voix blanche, il déclamait parfois :

> Fille de la Douleur, Harmonie, Harmonie,
> Toi qui nous viens du ciel, et lui vins d'Italie...

Il avait tout ce qu'il faut pour être bachelier.
Il fut reçu avec une quantité de boules rouges.

Son père, qui continuait à veiller sur lui, le
fit entrer avec beaucoup de protections —
dans une grande administration. Il connut les
amertumes du surnumérariat, les plaisanteries
des bons collègues qui plantent des épingles
dans votre rond de cuir. Mais il ne se plaignit
point. Il lui sembla qu'il venait d'être promu
dans une division supérieure de son ancien
lycée. Il allait continuer sa vie de collégien,
seulement il n'aurait plus d'uniforme. Il pour-

rait découcher et il déjeunerait sur son pupitre
au lieu d'aller au réfectoire.

Comme au lycée, il continua à fumer des ci-
garettes dans les lieux, à lire Ponsard sur ses
genoux. Il fut positivement chagriné par
exemple de ne pas aller en promenade, le jeudi,
Mais il se rattrapait sur le dimanche.

Ce jour-là il partait avec deux ou trois de ses
collègues. Mélancoliquement ils suivaient les
quais en traînant les pieds. Ils allaient le regard fixé sur les gros bateaux amarrés à la
berge. Parfois ils surprenaient sur l'un de ces
chalands tout un ménage de mariniers qui faisait sa cuisine en plein air, sous le pont, tandis
que le chien du bord aboyait à pleine gueule.
Alors l'un des promeneurs, — un fantaisiste,
— déclarait qu'il ferait bon mener cette vie-
là. Mais les autres se récriaient, ils n'aimaient
point les aventures et l'imprévu les épouvan-
tait. Et ils continuaient leur promenade allant
jusqu'aux Champs-Élysées entrant parfois au
Palais de l'Industrie où ils admiraient les toiles
léchées, solennelles et nulles, parfois aussi
s'arrêtant au café-concert où ils accompa-

gnaient le refrain des chanteurs en tapant sur leurs verres avec des petites cuillers.

Le soir, ils se sentaient généralement pris du besoin d'aimer et ils allaient courtiser les dames qui vivent en communauté, dans des maisons closes, sous la protection de l'administration. Ils avaient de grandes tendresses pour ces filles, cloîtrées comme eux et comme eux ayant leur jour de sortie par semaine. Il y avait des affinités entre elles et ces jeunes gens. Elles, bonnes à être agréables à tous les messieurs ; eux, propres à servir tous les gouvernements : ils s'entendaient.

Dix ans, il mena cette existence banale et vide. Il avait maintenant à son service des phrases toutes faites et creuses à l'aide desquelles il trouvait le moyen de ne rien dire en beaucoup de mots. Souvenir de ses discours latins d'antan, habitude de la correspondance administrative. Il était commis principal à ce moment et, le soir, il allait jouer aux dominos avec ses collègues dans un petit café de la rue de Valois. Très doucement, sans tapage, sans éclats de voix, ils causaient en faisant leur partie. Ils s'intéressaient à des choses extraordinaires. Lui, par exemple, était parvenu, à culotter supérieurement des pipes qui portaient sur leur tuyau son nom gravé en léttres d'émail baveux. Les autres admiraient la façon rare avec laquelle il coupait le culottage tout net, au ras du fourneau. Ça le rendait très fler.

A dix heures, ils se souhaitaient invariablement le bonsoir. Rentré dans son petit appartement froid, il regardait sans émotion le portrait-carte de son père défunt et il s'endormait. Les cauchemars et les rêves qui n'en finissent point ne hantaient par ses nuits.

Avec son respect de la hiérarchie, il devint, à quarante-sept ans, sous-chef d'un bureau quelconque. Il ne fut ni trop doux ni trop rigoureux pour ses subordonnés. Seulement, il exigea l'application de l'ordonnance du 4 avril 1838 qui prescrit que tous les *états* doivent être faits en double. C'était tombé en désuétude. Grâce à lui, on eut de nouveau des duplicata. La paperasse ministérielle grossit un peu plus et il fut bien noté en haut lieu.

On allait le nommer chef de bureau quand il fut pris par une fluxion de poitrine. Cette maudite maladie lui vint d'un inconcevable oubli de sa part. Il avait négligé de s'entourer le cou d'un foulard rouge à raies blanches dont il se servait habituellement.

Il en est mort.

On l'a enterré, près de son père, dans le coin le plus peuplé du cimetière Montmartre. Le jour de ses obsèques, les gardiens du cimetière ne voulaient pas recevoir son cadavre qui, par suite d'une négligence administrative, ne leur avait pas été annoncé.

Sa carcasse routinière a dû frémir d'indignation dans le cercueil de chêne où elle était enfermée.

CLÉMENTINE

Ce fut un scandale chez les Marnoir, quand on s'aperçut que Clémentine, la cuisinière, était enceinte. Comme on est trompé pourtant ! Une fille qu'on aurait crue si comme il faut. Ce n'était pas une de ces servantes que l'on va choisir dans les bureaux de placement. Madame Marnoir en avait assez eu de ces souillons grossiers comme du pain d'orge qui vous jettent leurs tabliers à la figure pour un oui et pour un non. Elle avait souffert tous les désagréments qu'on peut éprouver avec les bonnes.

Pour jouir d'une tranquillité relative, elle s'était même efforcée de tolérer les manies des cuisinières. Elle ne leur interdisait pas de collectionner de vieux os achetés ensuite à la livre par le chiffonnier. L'été, c'était très désagréable parce qu'il n'en faut pas davantage pour attirer dans l'appartement une légion de mouches. Enfin, c'était une habitude prise dans la maison. Il n'y avait plus à revenir là-dessus. Madame Marnoir avait toujours permis également la fonte des graisses de rebut. Dieu sait cependant si ça puait quand les bonnes se livraient à cette sale opération. Immanquablement, ces jours-là, M. Marnoir déclarait qu'on ne pouvait pas y tenir. Il prenait son chapeau et allait dîner au cercle.

Pourtant tout cela n'empêchait pas madame de se montrer excellente pour les domestiques.

Elle savait que le cœur a ses exigences lui aussi et elle autorisait volontiers les cuisinières à recevoir de temps à autre la visite d'un de leurs pays. Elle affirme même aujourd'hui avoir poussé la condescendance si loin que toute la garnison de Paris connaît ses fourneaux et ses casseroles.

Plus elle s'est montrée douce pour les bonnes, plus celles-ci ont été ingrates.

Passe encore si elles s'étaient contentées de faire valser l'anse du panier! Mais ces gueuses volaient réellement : le café, le sucre, la bougie disparaissaient avec une rapidité vertigineuse. C'était la ruine de la maison. Puis aucune observation n'était possible. Les unes se rebiffaient violemment, cassaient tout, hurlaient que la maison était une baraque quand on leur adressait la moindre critique; les autres, devenues blêmes tout à coup, pinçaient les lèvres, ne répondaient rien, boudaient avec des mines longues et quittaient madame Marnoir. Deux jours après leur départ, on s'apercevait régulièrement de quelque vilenie : tas de vaisselle brisée au dernier moment et reléguée dans le coin le plus sombre, coups de ciseaux donnés au milieu de torchons, tripoli jeté dans la boîte au sel.

Avec Clémentine au moins on savait à quoi s'en tenir. C'était une bonne fille, une Comtoise, nièce d'un curé des environs de Beaucourt. Les Marnoir l'avaient ramenée de là-bas

où ils avaient une grande propriété et une
fabrique de moulins à café. Ils l'avaient connue
toute petite, elle était juste du même âge que
Félix, leur fils unique, aujourd'hui étudiant
en droit. Elle avait joué avec lui dans les her-
bages mouillés. Avec lui, elle s'était bourrée
de « gaudes ou de berlinquinquin ». Ils avaient
« besillé » ensemble par monts et par vaux.
Puis on avait envoyé Félix chez les Pères. Ils
avaient fait de lui un garçon timide en apparence, mais rudement sournois. Durant les
vacances, il recommença à gaminer avec Clémentine et, quand quelque bêtise était faite,
c'était la petite paysanne qui payait les pots
cassés. En avait-elle reçu de ces fessées ou de
ces chiquenaudes que le jeune monsieur n'avait
pas volées ! Elle ne se plaignait pas, au fond
elle était même très heureuse de souffrir pour
lui.

*
* *

Devenus grands, Clémentine et Félix reprirent leurs positions respectives. Elle remplaça

à la cuisine les bonnes, les insupportables
bonnes des bureaux de placement. Lui, sur-
veillé de près par M. et madame Marnoir, qui
prétendaient que les jeunes gens ont toujours
trop tôt le loisir de mal faire, bâillait d'ennui
dans le salon où il ne voyait que des vieilles
femmes ou des filles à marier gaies comme des
éteignoirs, s'endormait sur des livres de droit
dans sa petite chambre, ne pouvait pas sortir
seul le soir et se sentait plus morose qu'un
ciel d'hiver. Avec tout cela, peu ou point d'argent dans sa poche : juste de quoi prendre
l'omnibus qui le transportait près de l'École de
Droit. Fils de millionnaires, Félix en était venu
à jalouser les étudiants pauvres qui, pour vivre,
sont obligés de devenir pions. Au moins ils
ont quatre heures de liberté par jour et soixante
francs d'appointements par mois.

Il eut, lui aussi, ses petites passions. Il fut
positivement toqué d'une grande rousse au nez
retroussé qui, tous les jours, vers une heure,
prenait le frais sur la porte d'une brasserie
servie par des femmes. Elle lui parut très belle
avec son tablier blanc à bavette et la sacoche

6.

de cuir accrochée à son côté. Il abreuva cette
Hébé, au lieu d'aller au cours. Elle ingurgitait
si vite des consommations chères que Félix,
qui avait fait des économies sur ses omnibus,
se trouva sans le sou. Cette pauvreté l'inquié-
tait d'autant plus qu'il avait obtenu enfin un
rendez-vous de la fille de brasserie. Il devait
l'aller voir rue des Écoles, où elle demeurait,
un mercredi matin entre neuf et dix heures.
Le mardi, l'étudiant n'avait pas vingt-cinq centimes. Il eut l'idée d'entrer dans la chambre
de sa mère et d'enlever la montre de madame
Marnoir. Mais l'excellente femme avait justement enfermé ce bijou. Il pensa à fracturer la
caisse paternelle. Mais il aurait préalablement
fallu se procurer des pinces et un ciseau à
froid. Or, ces outils coûtent plus de cinq sous.
Félix trouva plus simple de s'adresser à Clémentine. La Comtoise avait environ deux cent
cinquante francs d'épargne. Ce jour-là, Félix
lui emprunta deux louis. Quarante-huit heures
après, il revenait à la charge, obtenait cinquante francs et, à la fin de la semaine, il avait
mangé l'argent de la bonne. Il est vrai que la

fille de brasserie lui avait donné une série de ces leçons qu'on n'oublie jamais. Par exemple, quand elle le vit complètement à sec, elle lui signifia congé.

*
* *

Clémentine ne demanda aucun compte à Félix. Très heureuse de l'obliger, elle lui aurait même donné ses pauvres petites boucles d'oreilles en or s'il les lui avait réclamées. Elle se plut simplement à croire que son camarade d'enfance était maintenant redevenu plus familier avec elle. A chaque minute, sous un prétexte ou sous un autre, il était là. Il tournait autour d'elle, lui parlant dans le cou, la chatouillant. Elle avait alors de bons rires paysans. Des frissons lui couraient sur la peau et quand Félix était loin, elle se sentait toute triste, très songeuse, presque jalouse de ne plus l'avoir là près d'elle.

Un soir, par pur badinage — du moins elle le crut — il éteignit la lampe d'essence. Clémentine fut très surprise de se sentir attaquée

brusquement, presque avec violence. Elle ne
dit rien. Ce Félix était si brutal quand il jouait.
Seulement, une heure après, en rentrant dans
sa chambre, là-haut, sous les toits, elle comprit tout à fait et elle pleura. Le lendemain et
les jours suivants, quoi qu'elle se fût promis,
elle ne résista pas. Elle était si habituée à cé-
der et puis Félix était vraiment un si brave
Monsieur.

Un matin, cependant, elle remarqua que son
ventre commençait à « prôger ». Elle essaya de
serrer plus fort ses cotillons autour de sa
taille. Mais elle n'y put tenir. Ça lui faisait si
mal, si mal qu'elle était tombée deux fois en
défaillance et que madame Marnoir était venue
la relever. C'est même la seconde fois seulement qu'elle s'aperçut de la grossesse de Clémentine.

*
* *

Il y eut alors une vraie scène. Madame Marnoir ne s'emporta pas sur-le-champ. Mais,
quand sa cuisinière fut un peu remise, elle lui

commanda de la suivre. Clémentine obéit. L'explication eut lieu dans la salle à manger. La maîtresse assise devant la table, près de la suspension à abat-jour de porcelaine, pérorait tandis que, debout, et la figure cachée dans son tablier, la servante pleurait ayant parfois des hoquets et de longs sanglots dans le gosier.

« Qu'est-ce qui aurait cru ça, mon Dieu ! gémissait madame Marnoir. Une fille que j'ai ramenée du village, tirée du fumier ! Et moi qui la jugeais trop bête pour... Comme on est trompée pourtant ! Mais avec qui, malheureuse ? avec qui ? Voyons, réponds, une fois pour toutes. Ce n'est pas moi peut-être qui t'ai donné le mauvais exemple. Que va dire l'abbé, ton oncle, un si brave homme ? Tu découchais donc ? Et cette concierge qui m'a tout caché. Elle devait le savoir. Elle t'ouvrait la porte, la nuit, sans doute, ou bien, elle faisait pénétrer ton amant. Pour de l'argent, ces gens-là déshonoreraient leur mère ! Il n'est pas difficile, du reste, celui qui a voulu de toi... Une fille qui sent l'eau de vaisselle et le graillon. Mais il y a des hommes si malpropres ! Qu'est-ce que je

vais faire de [toi maintenant? Il faut que je
consulte M. Marnoir. Il n'y a que cela. Va, retourne dans ta cuisine. Nous verrons ce soir. »

*
* *

Durant toute la journée, Félix s'abstint de
paraître à la cuisine. Jamais il n'étudia les
Pandectes aussi bien qu'alors. Le soir, ce fut
M. Marnoir qui trancha la question. Il fit venir
Clémentine dans son cabinet.

« Ma fille, lui dit-il, tu vas me faire le plaisir
de t'en aller dès demain matin. Il y a un train
qui part à neuf heures quarante-cinq. Tu le
prendras et tu seras, le même jour, au pays.
Je viens d'écrire à ton oncle. Je l'ai prévenu de
l'accident qui t'est arrivé. Tu as eu vraiment
tort de te mal conduire. Enfin ce qui est fait
est fait. Il vaut mieux que tu t'en ailles. Tu
seras mieux soignée là-bas et puis, vois-tu,
nous ne pouvons pas te garder ici. Ce serait
un trop mauvais exemple pour Félix ! »

LE DÉCORÉ

Un rude lapin, un vieux gars qui n'a pas froid aux yeux, allez ! le père Suchères. On le connaît dans tout l'arrondissement de Rambouillet. Voilà treize ans qu'on parle de lui, aux Essarts, au Fargis, à Vieille-Eglise, à Cernay et jusqu'à Saint-Arnould.

C'est maintenant un propriétaire, une sorte de monsieur à gros bec, qui s'en va un peu voûté, laissant pendre ses deux larges mains d'ancien forgeron, des vrais battoirs d'où luisent les ampoules. Il a un front haut et dégarni. Au coin des tempes frisottent des cheveux gris. L'œil est petit, sournois ; le nez courbé. Des favoris courts sont collés aux joues bronzées. Il y a du dédain et de l'orgueil dans la lèvre qui fait une moue perpétuelle.

*
* *

Le vieux Suchères possède quarante hectares de sol arable entre le Perret et les Vaux. Ça ne lui est pas venu en dormant. Il s'est donné de la peine pour devenir riche et il le dit bien haut.

Cependant il a eu de la chance. D'un seul coup sa fortune a été faite. Le dimanche, au cabaret, tout en sirotant un café fortement additionné d'alcool, Suchères conte son aventure à des gars en blouse bleue passementée d'arabesques de fil blanc. Et ils écoutent, bouche ouverte, avec de gros yeux ronds en boule de loto.

*
* *

« V'là, mes fieux, comment j'sommes, au jour d'aujourd'hui, queuqu'un de ben renté, dit-il.

Vous souv'nez-vous t'y d'la guerre ? P't'être point, hein ? Eh ben, mon histouère à moi, alle date ed'la guerre.

J'étions forcé, à c't' époque-là, ed'louger à la maison deux Prussiens ; l'un était pour sûr un homme ben éduqué, un d'ces soldats comme mon neveu Firmin, qui sont pour les écritures. I'fsait tout l'temps des calculs sus un grand bougre ed'livre que j'vois comme s'il était là devant mon œil.

Et avec ça un gars tout plein gentil. C'était un p'tiot blond, pâlot, avec des lunettes. I' parlait français comme vous et moi. J'crois ben qu'notre Madeleine, ma fille, qu'a aujourd'hui cinq enfants avec Minique, son homme, l'trouvait d'son goût, c'Prussien. Les filles, ça vous a des idées !

Enfin, pour en finir, v'là qu'un jour, comme qui dirait à c't' heure, l'Allemand vint m'trouver à la forge où j'étions tout seul et i'm'dit comme ça qu'ils alliont partir le soir avec son camarade pour chercher d'l'argent.

Ma fi, i'n'paraissait point trop rassuré.

7

— Et où qu'vous allez comme ça? qu'j'i dis tout à la bonne.

— A Rambouillet, m'dit-i, faut qu'j'apporte la paie du régiment.

— Eh ben, bon voyage!

Et me v'là d'nouveau en train ed'faire aller mon soufflet.

* * *

Tout d'même, j'guignais.

Entre chien et loup, mes Prussiens défilent. Moi, j'soupe et je m'mets au lit.

Mais, à ménuit, j'étions debout. J'prends mon fusil ed' braconnier *à quantet* moi et me v'là dehors. Un froied, eune bise! C'est pour dire, mais j'ons cru qu'j'allions geler.

Tout d'même, j'm'en vas tranquille comme Baptiste. J'm'campons dans la fourêt, proche les étangs des Essarts. J'pense ben qu'j'ons attendu deux bonnes heures.

Enfin, pour en finir, v'là qu'j'entendons causer et marcher et j'distinguons très ben mes deux Allemands, i vous avaient deux sacs sus l'épaule.

J'faisons feu ; l'petiot, l'savant, c'lui à n'ot'-Madeleine tombe. Mais l'autre avait la vie dure. J'ons été obligé de l'étrangler, tranquillement, comme ça, en serrant mes mains sur son cou.

Me v'là empêtré des deux morts ; heureusement, j'avions ben choisi mon endrouet. J'prends mes Prussiens sus l'dos et j'les ons jetés dans l'étang. Les sacs, eux, m'ont donné plus de peine. Mais j'les ons enterrés à une bonne lieue plus loin, en plein mittant d'la forêt. Et j'sommes rentré à la maison.

C'est rapport à c'te histoire qu'les Prussiens ont tant d'mandé d'argent à la commune des Essarts. Nous autres, gens du Fargis, nous ont été ben tranquilles, d'autant plus qu'les Allemands n'ont jamais pu r'trouver les deux morts. Vous pensez : les étangs étiont gelés.

C'est ben plus tard, quand les Prussiens ont parti, qu'Michel, l'forestier, s'est aperçu que l'étang puait et qu'on a retiré le p'tiot blond et l'autre. J'étions là. Ça m'a fait queuque chose.

Tout d'même sans ces Allemands, j'serions toujours un pauvre homme. Si j'sommes à notre aise, c'est qu'ça me vient d'eux.

J'ons r'déterré les sacs, allez ! mes gars. Et me v'là riche à cause ed' la guerre.

Sans compter que j'sommes queuqu'un. L'préfet dit que j'sommes un patriote et il m'a envoyé la crouex. »

. Et le père Suchères montre orgueilleusement un large ruban rouge étalé sur son veston de paysan aisé.

CATINASSE

Je l'ai connue. Je la vois. Il me semble même que, si j'étais peintre, j'aurais rudement dessiné ce museau horrible. Du reste, si vous doutez de moi, questionnez les gens de Gauré, de Mons, de Flourens, de Saint-Martial, du Pin, du Rouquet, de Drémil, de La Fage et de Montauriol. Ils en savent long sur son compte.

⁂

— *Baï t'en, puto!*

Et à travers la grille de la vieille maison, mon grand-père gesticulait, montrant le poing à un paquet de loques qui grouillait. Le vieux .

7.

était exaspéré. Il détestait l'horrible, étant venu
à l'époque où l'on se nourrissait de Chateau-
briand et de madame Cottin. Le paquet de
loques roula sur lui-même et se perdit sous
l'allée de grands ormeaux.

— *Tè, pitchou*, continua l'ancien en tirant
deux sous de sa poche, donne cela à cette gue-
non et dis-lui que je ne veux plus la voir.

Je rejoignis Catinasse.

Elle s'arrêta, éclairée par un rayon de soleil
qui lui tombait en plein sur la face.

L'atroce femelle !

Pas de front, des yeux étroits de porc, deux
trous à la place du nez, un groin en guise de
bouche. Le groin se tordit, puis s'ouvrit. Catinasse parla. Elle laissa tomber toutes les ordures de son vocabulaire patois, hurlant contre
les propriétaires qu'elle appelait *maquarels*
(inutile de traduire, n'est-ce pas?), engueulant
aussi les métayers et les maîtres valets.

Elle prit néanmoins les deux sous et les cacha
dans ses guenilles. Puisque personne ne voulait
l'occuper, il était bien simple qu'on lui fît l'au-
mône. Ça lui était dû. Il faut vivre.

.*.

Elle vivait, du reste. Sa laideur lui rapportait de trente à trente-cinq sous par jour, beaucoup plus que ne gagne une femme de journée. Elle se présentait chez les riches quand elle était sûre de les trouver. On la payait pour ne pas la voir.

Elle empilait les gros sous et les liards. Dès qu'elle avait une somme rondelette, elle la prêtait à des paysans obérés. Elle ne demandait pas d'intérêt en argent. On lui donnait ce qu'on voulait : une jeune oie, un dindonneau de préférence. Elle s'était constitué ainsi un petit troupeau disparate qu'elle allait garder, après ses tournées, dans les champs de tout le monde. Elle disputait à ses bêtes les mûres qui s'accrochent aux chaumes. Elle mangeait comme les dindons, se couchant par terre, happant du bec les fruits sauvages. Une année, elle éleva un superbe cochon noir. De loin, on ne la distinguait pas de son camarade. On aurait dit un frère et une sœur.

*
* *

Elle avait eu une famille. Les mauvaises langues disent encore que sa mère fut la maîtresse d'un verrat. De bonne heure, elle perdit les siens. Ils lui laissèrent un grand lit à rideaux rouges et blancs, une longue horloge à gaine, un dressoir plein de vaisselle de Martres, une table, trois chaises et une de ces lampes latines que l'on nomme chez nous *lé calel*. Beaucoup de jeunes paysannes seraient heureuses d'entrer en ménage avec un mobilier aussi complet.

Catinasse, elle, était restée fille. Par exemple cette bergère n'était pas une Jeanne d'Arc. Pierre Cussat, le coq de la contrée, revenant un dimanche soir, du *fenestra*, fête qui se donne en mai, avait longuement possédé Catinasse dans la vigne de Goïrval. Elle et lui s'étaient vantés de cet exploit. Pierre affirma qu'à la longue les belles filles l'écœuraient. Il voulait du roide, de l'extraordinaire, et, aussi raffiné qu'un don Juan de la haute pègre, il s'était accouplé à l'horrible souillon.

Cela ne donna aucun produit.

.·.

Il y a trois ans que nous avons perdu Catinasse. Elle mourut à l'automne.

Elle s'était glissée la nuit dans un grenier plein de maïs nouveau. Elle y était montée tout simplement à l'aide d'une échelle, et très consciencieusement elle emplissait deux paniers des plus belles *cabosses* de mil. C'était son habitude de prélever ainsi une petite dîme sur la récolte du voisin. Un malin, peut-être le paysan volé, enleva l'échelle, et, dans la nuit noire, Catinasse tomba, lâchant ses paniers.

On la releva le crâne fendu.

Deux jours après, elle décéda à l'hôpital de Toulouse où on l'avait portée. Les sœurs l'avaient préalablement fait tester; elle laissa six mille francs — toutes ses économies de mendiante — à l'archiconfrérie de Sainte-Germaine de Pibrac.

.·.

Personne ne l'a remplacée dans le pays, et je sais nombre de gens qui la regrettent.

Après tout, elle était une diversion à la routine banale de la vie. On s'occupait d'elle. Si les meilleurs sujets de conversation s'en vont, que nous restera-t-il?

PETIT GEORGES

Il y a six ans depuis le mois de janvier. C'es
un pauvre joli petit garçon frêle, distingué, fin,
ni vicieux ni méchant, bon, au contraire,
comme le bon pain. Il ne sait rien ou presque
rien. Il a des étonnements merveilleux devant
les choses nouvelles. Sa naïveté est enthousiaste.
Il éprouve inconsciemment le besoin ou le désir
d'une vie paisible et facile. Et pourtant il est
très malheureux.

C'est à l'école qu'ont commencé ses souf-
frances. Il y a six mois, il n'était pas encore
barbouilleur de papier ou épeleur d'alphabet.
Il était Georges tout bonnement, Georges sans
profession, Georges l'indépendant, Georges

point classé sur les registres scolaires. Il gran-
dissait dans le petit appartement occupé par
sa mère, rue de Turenne, tout près de la place
Royale où il allait jouer quelquefois. Il pous-
sait lentement mais sûrement, là, au cinquième
au-dessus de l'entresol, à côté d'un jeune chat
plus gamin que lui, non loin d'une caisse de
géraniums poitrinaires.

Sa mère, une grande et mince personne pâle
avec une petite figure éclairée par de grands
yeux couleur myosotis, n'avait aucune gaieté
folle et franche. Tout au plus souriait-elle
quand l'enfant lui posait quelque question ab-
surde et drôle, lui racontait une histoire fan-
tastique ou se laissait aller à l'embrasser. Par
exemple, elle ne grondait pas. Georges avait du
reste si peu besoin de réprimandes, il était si
peu sujet à caution. Il passait des journées entières à la regarder travailler. Il étudiait le mouvement des doigts de la chère femme raccom-
modant des dentelles. Il se plaisait surtout à
noter — à sa façon — l'opposition des tons :
chair blanche de la main délicate sur le jaune
du vieux point d'Alençon.

Elle et lui vivaient pour ainsi dire de rien.
Comme tous les moutards, il aimait les tar-
tines. Le reste lui était indifférent. Je me
trompe; il adorait, au commencement de l'automne, les fruits mal mûrs. Ils lui redonnaient
le vague souvenir de la métairie beauceronne
où il avait vécu jusqu'à quatre ans. Sans savoir comment, il revoyait, en mangeant une
pomme verte, la cour de la ferme avec ses fu-
miers bien tassés, les gorets bâfrant dans leurs
auges pleines de son trempé, les paysans rentrant du labour, et dans le fond, au lointain,
une grande plaine avec des chaumes gris. Puis,
grâce à l'entraînement logique des idées, il se
remémorait d'autres détails très menus, son
départ de la campagne, son voyage en chemin
de fer, le bruit du train passant sur les plaques
tournantes, la ritournelle mélancolique d'un
mendiant assis près du débarcadère de la gare
d'Orléans. Toutes ces choses étaient demeurées
obstinément fixées dans sa mémoire, et il les
rappelait à sa mère. Celle-ci le trouvait très intelligent à ces moments-là.

Personne ou presque personne ne venait

chez eux. La raccommodeuse de dentelles travaillait pour les magasins. Parfois cependant
une bourgeoise du Marais, une de ces femmes
qui se mêlent des grands marchands ou des
intermédiaires, montait chez l'ouvrière. Et
Georges demeurait stupéfié de ces visites rares,
des bijoux lourds et sans goût de la dame, des
parfums qu'elle répandait autour d'elle, du
froufrou de ses jupes. Instinctivement, il com-
parait la robe de l'étrangère à celle de sa mère.
Il aurait voulu voir celle-ci tout habillée de
soie aussi. Elle lui aurait semblé presque trans-
figurée. Un moineau qui passait, le cri bi-
zarre d'un revendeur, la chanson nasillarde
d'un orgue de Barbarie suffisaient à dissiper ce
sentiment de jalousie enfantine.

Donc, au mois de janvier, Georges a été mis
à l'école, non à l'école primaire comme les enfants de tout le monde, mais à l'École Turenne,
une sorte de bahut privé, dirigé par un ancien
pion qui, après avoir fait un héritage, s'est mis
marchand de soupe. La raccommodeuse de dentelles a eu l'orgueil de vouloir Georges avec les
jeunes Messieurs. Et quels Messieurs, les deux

fils de l'épicier de la rue Villehardouin, les enfants du charcutier, du liquoriste, du papetier de la place des Vosges, enfin deux bouts de rastaquouères, petits pays chauds très précoces qui apprennent aux autres à fumer dans les lieux. Cette société-là coûte quinze francs par mois à l'ouvrière, mais elle est si persuadée que Georges sera bien élevé !

Dès les premiers jours, le petit a été presque mis en quarantaine. Il ne savait pas jouer comme ses camarades, il ne comprenait point leur argot de gamins, il fut assourdi par les cris qu'ils poussaient dans la cour. Eux le trouvèrent godiche. L'étonnement de ses grands yeux bleus, son sourire bon enfant leur parurent des niaiseries. Gustave, le fils du papetier, un malin de huit ans, s'amusa surtout de Georges, lui fit prendre des vessies pour des lanternes, dessina des bonshommes sur les grands cols rabattus du nouveau, le pinça, le fit pleurer, lui mit sur le dos les bêtises de toute la classe, lui attira des punitions. Les autres imitèrent Gustave, une belle intelligence après tout !

Maintenant, tous les soirs, Georges rentre chez sa mère avec quelque avarie. Tantôt on l'a gardé ou retenue jusqu'à l'heure du dîner, tantôt il est horriblement égratigné. Il pleuré, il raconte naïvement qu'il n'a rien fait pour mériter les coups ou la punition. Sa mère le croit, mais elle lui recommande la patience. Il faut savoir souffrir un peu quand on veut être bien élevé.

Hier, cependant, Georges est revenu tout autre de l'École Turenne. Il ne pleurait plus mais il semblait inquiet, énervé, curieux de savoir quelque chose et n'osant pas le demander, plus attristé, en somme, que les jours précédents.

— Qu'as-tu? lui a dit sa mère.

Il s'est expliqué. Les autres, ses camarades, ont entendu que le maître et le sous-maître parlaient de lui, Georges. Le maître a même prononcé un mot que Gustave a retenu, colporté. Toute la journée, les écoliers le lui ont corné aux oreilles, ce mot, un vilain mot sans doute. Après la classe, ils le lui ont répété tout haut dans la rue. Enfin, Sanchez, un des deux pen-

sionnaires brésiliens, l'a inscrit sur le cahier
où Georges fait des bâtons.

Et tout frémissant, énervé, blême, ne pouvant plus pleurer, l'enfant montre le cahier à
sa mère qui lit au milieu d'une page blanche le
mot, le fameux mot : *Bâtard.*

A son tour elle a un tremblement nerveux ;
mais elle se remet peu à peu et d'une voix
douce :

— Pauvre petit, dit-elle, tu iras demain
l'école communale.

LA MORT DE MARINOTTO

Depuis huit jours environ, la petite ne jouait plus. Elle restait assise sur les marches de brique au-dessus desquelles s'élève la porte de la métairie. Elle était là, pieds nus, couverte d'un mince cotillon de vieille indienne à fleurs roses et coiffée d'un serre-tête qui laissait à peine passer l'une ou l'autre des mèches brunes de son front. Elle était devenue toute pâle et sa lividité avait presque effacé les tons chauds de ses joues de gitana. Ses yeux noirs demeuraient immuablement fixés sur la plaine de Caraman, qui se déroule à l'horizon devant le vieux manoir de Trinchant. Elle semblait regarder, mais en réalité ne voyait rien. Parfois un gros frisson fiévreux la secouait, tandis que les poules voraces venaient planter becs et pattes dans l'écuelle de soupe que la métayère avait servie à sa gamine avant de s'en aller aux champs.

Cette petite était venue sur le tard dans une famille de ces rudes ouvriers de campagne qui meurent plus vite du travail qu'ils n'en vivent. Les Delpontès nous étaient arrivés de la Montagne-Noire. Ils avaient abandonné ce pays de châtaignes pour venir vivre dans nos parages, où le blé pousse dru et où le raisin ne demande qu'à être cultivé par ceux qui veulent sérieusement vendanger.

C'étaient des gens sobres par excellence, vivant de pain frotté d'ail et de cette épaisse soupe à l'oignon et au vinaigre que l'on nomme le *touril*.

Le père, un ancien troubade qui avait fait le coup de feu en Crimée, portait le béret brun des montagnards et le tablier de cuir des laboureurs d'antan. Son aîné, un garçon de vingt-cinq ans, visait davantage à l'élégance. Il allait aux *ballotchos* et aux *fenestras*, qui sont les fêtes du pays, coiffé d'une pyramidale casquette de soie, cravaté d'un foulard rose à bords safran, empôtré dans une longue blouse bleue. Il serait difficile de faire comprendre aux jeunes paysans que cet accoutrement d'Alphonse canaille n'est pas du suprême bon ton.

La famille Delpontès se composait encore d'un autre garçon plus jeune, Jacquet, qui allait communier. C'était le pâtre. Le père l'envoyait garder le gros bétail dans les prairies que traverse Sillonne.

Puis venait Marinotto, la toute petite et au-dessus de tout ce monde Annette, la mère, une paysanne qui avait l'air d'une vierge de Raphaël devenue quadragénaire.

Elle était demeurée belle et brune, malgré l'énorme patte d'oie qui formait des sillons sur ses tempes. Elle avait l'œil noir cerclé de bistre, le ventre déformé de la femme mal accouchée, des allures calmes et une sorte de bonté passivement résignée.

Un matin, quelqu'un des nôtres dit à An-

netto, en lui montrant l'enfant immobile et
livide :

— Votre petite ne va pas du tout. Faites attention.

—Ah! vraiment, je le sens bien, répliqua la
mère, tandis que deux larmes roulaient sur
ses joues, mais qu'y faire? Nous sommes en
plein partage des maïs et personne, non, personne ne peut se déranger à la maison. Nous
irons seulement dimanche à la ville voir un
médecin. Mais d'ici là il faut travailler.

Or, on était seulement au mercredi. De faire
venir le docteur, il ne fallait pas y songer. Cela
coûte. Et puis on ferait deux coups avec une
seule pierre. On achèterait les médicaments
après avoir consulté le médecin. Ainsi l'on ne
serait pas obligé de recommencer le voyage.
Sans compter que, ce dimanche-là, Jacquet
devait communier pour la première fois. Après
vêpres, on partirait pour Toulouse tous ensemble. Ce serait une distraction pour le com-
muniant d'aller à la ville. Il faut bien être pratique en tout, n'est-ce pas?

Quelles objections faire à de pareils raison-

nements? Ces gens de la Montagne-Noire sont
plus têtus qu'une mule de charbonnier et
toute contradiction ne sert qu'à raffermir leurs
idées. Et puis la lutte pour l'existence était
plus impérieuse que la maladie de Marinotto,
Une journée perdue c'est un pain de moins
dans la huche de la métairie.

Du mercredi au dimanche, les heures furent
longues, très longues pour la petite malade.
Maintenant c'est à peine si elle pouvait rester
assise. Lentement elle se traînait vers le grand
hangar et s'étendait sur la paille, non loin
d'une chatte maigre et rousse qui laissait s'ac-
crocher à ses tétines une demi-douzaine de
chats nouveau-nés aux pattes molles et roses.

Et Marinotto dormait là, déjà prise par un
vague délire, ne sentant pas les mouches qui
venaient se poser sur son pauvre visage et qui
bourdonnaient à ses oreilles.

Le soir, en rentrant du labeur, Annette prenait sa fille sur ses genoux, essayait de l'endormir avec une ballade patoise du temps
passé et pleurait en voyant l'enfant rouler des
regards vagues.

Il vint enfin ce dimanche tant attendu par la pauvre femme. Dès le matin, les cloches carillonnèrent dans la tour neuve et prétentieuse que l'on a ajoutée à l'ancienne chaumière' qui sert d'église à la commune.

De bonne heure, Jacquet, habillé de drap noir trop luisant et portant au bras un ruban de blanche moire frangée d'argent, cadeau de sa *menino* (marraine), était parti se mettre aux ordres du curé. Le drôle avait dans la main un gros, très gros cierge, pomponné dans le milieu, enguirlandé de roses, de lys et de verdure en papier. Cette énorme bougie avait bel et bien dû coûter trois ou quatre écus.

De savoir ce que fit Jacquet à l'église, peu me chaut et à vous aussi, n'est-ce pas ? J'ai retenu seulement que le petit pâtre était revenu un peu penaud, un peu désabusé et sans le gros cierge.

— Qu'as-tu fait de ta chandelle, *pitchou ?* dis-je à l'enfant.

— Eh ! monsieur, il faut bien la laisser au curé. C'est l'habitude. On dit qu'il revend ça à Toulouse « pour moitié prix ».

Le soir, vers cinq heures, tous les Delpontès partirent pour la ville. On était aux premiers jours d'octobre. Il faisait déjà frais, presque froid, après le coucher du soleil.

Sur le dernier siège du char à bancs conduit par le père, Annette avait pris place, tenant sur ses genoux sa fille, enveloppée dans un vieux châle.

Ils ne revinrent que dans la nuit, ayant dû attendre le médecin qui était allé à Croix-Daurade voir si les premières gelées n'avaient pas trop endommagé les vignes. Agacé d'être dérangé tard, un jour de fête, par des pauvres qui paient mal, le docteur regarda à peine Marinotto, déclara brutalement qu'il n'y avait plus rien à faire et attrapa de la belle façon les parents qui avaient trop différé de venir le consulter.

Le lundi matin, entre sept et huit heures, Marinotto tourna les yeux, fit entendre un sifflement rauque et mourut. D'aucuns affirmèrent qu'elle avait été prise par le croupe, les autres opinèrent pour l'angine, quelques-uns prononcèrent le mot : typhoïde. Il y eut une émotion passagère chez les savants du village. Quant aux femmes du voisinage elles brûlèrent du sucre arrosé de vinaigre sur des pelles à feu préalablement rougies au feu.

Le lendemain, vers deux heures, on sonna l'enterrement de l'enfant. Il faisait un temps abominable. Le vent d'ouest secouait sur la contrée de grosses rafales d'eau qui tombaient par lourds paquets. Et avec cela une bruine à couper au couteau. On n'y voyait pas à dix mètres.

A la métairie, les paysans rassemblés attendaient que le curé vînt chercher le cadavre. Il y avait là, dans la salle commune, quarante de ces braves gens; des vieux vêtus de drap de Castres, couleur de terre, coiffés du bonnet de laine marron ; des jeunes aux longues blouses, des femmes en coiffe de fausse dentelle agenouillées auprès de la petite bière et des gamins, des tout petits qui se fourraient les doigts dans le nez, se demandant pourquoi on les avait amenés là tout endimanchés et ne comprenant rien à tout cet appareil funèbre.

Dans la vaste cheminée se consumait un feu de charbon blanc de maïs et de ronces trop vertes. Parfois le vent soufflant sur le toit de la maison emplissait la salle de fumée qui mettait des larmes aux yeux demeurés secs. Sur la table, il y avait deux pains entamés, deux grosses bouteilles, un plat de confit d'oie refroidi et des verres pas très propres. Mangeait et buvait qui voulait.

Cependant le curé ne venait pas. On l'attendit une demi-heure, puis trois quarts d'heure, puis une heure, puis une heure et quart. On murmurait. Enfin on vit arriver Baptistou, l'enfant de chœur. Il était en robe noire effrangée, toute maculée de boue, par-dessus laquelle il avait jeté un surplis que la pluie avait désempesé et qui pendait fripé, maculé comme une chemise de noceur attardé.

Très insolent, férocement orgueilleux de sa mission, le gamin s'écria :

— M. le curé vous fait dire qu'il est fatigué de vous attendre. Vous auriez dû comprendre qu'avec ce temps-là il ne peut pas se déranger. C'est bien assez qu'il aille jusqu'au ci-

métière. Voilà ce qu'il a dit. Il m'envoie vous
chercher. Allons ! dépêchez-vous !

On se regarda. Enfin l'on se décida à enlever le petit cercueil. A ce moment, Annette
poussa un grand cri et tomba évanouie. A
jamais, à tout jamais sa dernière quittait la
maison. La vaillante femme ne pouvait se
faire à l'idée que la chair de sa chair allait
pourrir dans la terre grasse du champ des
morts. Tandis que deux de ses compagnes
de travail la relevaient et essayaient de la ramener à elle, le cortège avait quitté la métairie
et s'en allait vers le cimetière à travers
champs. Dans les boues grasses, les paysans ti-
tubaient, s'embourbaient. De loin, on aurait dit
une lamentable procession d'ivrognes forcés
d'avaler malgré eux des trombes d'eau de
pluie. A un angle du chemin, près du bois, le
dernier assistant disparut bientôt.

Une heure après, notre grand muletier qui
n'est pas un homme comme tout le monde
puisqu'il a été brigadier de dragons à Paris,
disait en se séchant le dos à la cheminée de
la métairie :

— Une rude rosse tout de même, le curé! Je vous demande un peu s'il ne peut pas se mouiller tout comme nous autres. Si ça continue ainsi, nous serons forcés d'imiter les gens des villes qui s'enterront tout seuls.

9.

LES ESTÈVE

La mère Estève, une vieille toute blette, que je vois d'ici et dont je me rappelle les moindres allures, quoiqu'elle soit depuis longtemps couchée droite et rigide dans sa bière d'alisier, fut une vaillante en son époque. Je l'ai connue dans son hiver, alors que moi-même j'étais aux premiers jours de mon printemps.

Elle allait, éternellement vêtue d'un jupon couleur de châtaigne, les pieds nus, le madras croisé sur la poitrine, le chapeau de paille ceint d'un ruban noir de velours fané, campé sur le chignon. De loin on l'entendait glapir, crier, piailler. Elle menait rudement ses bêtes et sa

famille, plus douce encore aux premières qu'à
la seconde, car elle estimait, avec raison, qu'un
bœuf écorné ne rencontre pas acquéreur, tandis qu'un garçon éclopé trouve toujours
femme, pourvu qu'il ait quelques écus et
beaucoup de bonnes terres.

Estève, l'ancien, son mari, ne comptait
guère. Il était homme de labour, elle était
femme de tête. Elle lui était simplement re-
connaissante d'avoir fait preuve de virilité. Il
lui avait donné des mâles à cinq reprises et
elle les avait mis au monde sans cri, sans
plainte, avec une joie peu expansive mais profonde. Deux étaient morts tout petits, leur
mère ayant trop peiné dans les derniers mois
de sa grossesse. Mais trois étaient demeurés
bien vivants, assez râblés, moins solides pourtant que le pont de l'Hers, mais suffisamment
forts pour la culture.

La mère Estève, qui parlait par sentences
quand elle était de bonne humeur, disait en
montrant ses garçons : « Ce ne sont pas les
bœufs, les grands bœufs d'Agen qui font la
meilleure besogne les maquignons et les bou-

viers prisent bien mieux la race de note vallée de Caraman. »

De fait, les trois Estève, Jean, Jeannel et Jeannou crûrent et se firent hommes moins dans la crainte de Dieu qu'avec le respect de leur mère. Ils ne s'occupaient du premier que le dimanche, par habitude et pour faire comme tout le monde. Mais, pour la *mamma*, c'était autre chose. Elle commandait, ils obéissaient. Pas une réplique, pas une critique. Il est vrai qu'elle travaillait rudement pour eux et ils le comprenaient.

Pendant quinze ans, six fois par semaine, elle fit, pieds nus et corbeille chargée sur la tête, les douze kilomètres qui séparent Lanta de Toulouse. Là, sur le marché du Capitole, elle se disputait des heures entières pour trois sous avec les ménagères qui lui marchandaient un poulet, les engueulait de la belle sorte et finissait par obtenir gain de cause.

Résultat net : au bout du temps on finit par acheter une dizaine d'arpents de terre avec une *bordette* attenante. On était chez soi. Jean, Jeannel et Jeannou ne continuèrent pas moins

à servir comme « gagés » chez les propriétaires
voisins. Ils se levèrent un peu plus tôt et se
couchèrent un peu plus tard, prenant sur leur
sommeil le soin de leur propriété. Un matin ils
trouvèrent l'ancien mort. Ils l'ensevelirent,
l'enterrèrent ; mais aucun d'eux ne réclama sa
part d'héritage à la « mamma ». D'ailleurs,
c'était le temps où ils ne sommeillaient plus
du tout, passant deux ou trois heures de la
nuit avec des commères jeunes qui ne s'en-
nuyaient pas à la bagatelle. Au bout de huit
mois, Jean se maria avec une petite brune qui
fit une fausse couche cinq semaines après le
mariage. Jean se dit que son frère venait de
lui donner le bon exemple. Il le suivit ; mais
sa femme se pressa peu de prouver sa fécon-
dité. Quant à Jeannou, il est demeuré célibataire, ce qui ne l'a pas empêché de se montrer
prolifique puisqu'il est avéré qu'il est le père
de Blaise, le bâtard de la *Cati,* un fort ouvrier
qui va aujourd'hui sur ses trente ans. Par
exemple, il n'aurait pas fallu venir chanter
cette histoire-là aux oreilles de la mère Estève.
Elle vous aurait joliment relevé. Elle savait

d'ailleurs très bien à quoi s'en tenir, ne trouvant pas mal que son dernier eût abusé de la *Cati*, mais lui reprochant entre quatre yeux de n'avoir pas mieux choisi et de n'avoir pas déconsidéré la fille d'un fermier riche qu'on lui aurait donnée par force et qui aurait apporté du bien à la maison. Les mariages de Jean et de Jeannel ne rompirent pas l'union de la famille. On se serra un peu plus, voilà tout. Les Estève ne firent pas plus de dépenses. Au contraire, ils tondirent de plus près les œufs de leurs poules, se nourrirent plus sobrement, s'habillèrent à peine. Ils s'inclinaient devant les sous, s'agenouillaient devant les écus, se prosternaient devant les louis d'or. Ils étaient au suprême degré, ce qu'on appelle chez nous des *couvets*, des gens d'une âpreté immonde et immense. Quand leur mère mourut, Jean, Jeannel et Jeannou auraient cru faire injure à sa mémoire s'ils ne l'avaient ensevelie dans le plus vieux drap de la maison.

Plus que jamais, après le décès de la vieille, ils essayèrent d'arracher au sol tout ce qu'il peut donner. Les propriétaires avares les ci-

taient comme exemples à leurs valets. Rapidement les cheveux des trois frères avaient blanchi, leurs dos s'étaient voûtés, leurs jambes ca-
gneuses battaient le briquet. A force de cour-
ber le front vers le sol, ils ont pris l'attitude
des animaux de labour. Le signe désormais dis-
tinctif de leur race c'est la décrépitude précoce.

Dix ans après leur mariage, Jean et Jeannel
se sont décidés à faire sérieusement un enfant
à leurs femmes. Les deux paysannes accouchè-
rent presque en même temps. Elles mirent au
monde deux avortons de sexe différent qui auraient crevé comme des mouches, n'eût été
l'air vivifiant de nos campagnes. Que de soins
il fallut pour conserver le gamin rabougri
de Jean et la petite araignée de Jeannel.
Ça poussa tout de même. Ça grandit ne sais
comment. Enfin quand, après sa onzième
année, le garçon eut communié, Jean, qui
voulait en faire quelque chose, l'envoya au
petit séminaire qui est moins cher que le collège. Et puis les petits séminaristes toulou-
sains portent la soutane. Ce déguisement vous
flattait l'orgueil des Estève.

Quant à la fille de Jeannel, on l'a mise
quelque temps chez les sœurs. Elle en est re-
venue presque dame, ne voulant plus porter
ni la coiffe, ni le foulard, mais s'accommodant
volontiers de chapeaux à fleurs et à plumes
qui la font ressembler à un parterre qui se
promènerait. Elle émerveilla ses oncles et son
père. Jeannou l'a trouvée si gracieuse, si *amis-
touso* qu'il est bien décidé à lui laisser la moitié de sa part de fortune, environ trente mille
francs. Il ne dit pas ce qu'il fera de l'autre moitié. D'aucuns prétendent qu'il la garde pour
son bâtard, le fils de la Cati. C'est une erreur :
je viens d'en avoir la preuve.

Hier, en effet, j'ai rencontré le fils de Jean.
L'ancien séminariste, un petit jeune homme
chafouin, blondasse aux cheveux rares, maigre
et bilieux, regardant en dessous, était habillé
à la dernière mode, mais avec des étoffes trop
claires. Il m'a abordé. Nous avons causé.

— Eh bien! lui ai-je dit, que faites-vous
maintenant?

— Bachelier en droit depuis l'an dernier, je
vais être huissier au mois de mars. C'est une

bonne profession. On y gagne de l'argent, n'est-ce pas, monsieur ?

Je ne répondis pas, mais je l'examinai.

Tandis qu'il faisait sonner le mot *argent* comme si chacune des lettres eût valu dix louis, ses yeux s'étaient relevés. Jaunes, ils avaient l'éclat du vieil or. Rapidement, ils se baissèrent de nouveau. On aurait dit qu'il voulait les enfouir dans la terre.

— Je ne serai pas malheureux, reprit-il. Aussitôt l'étude achetée, grâce à mon oncle Jeannou qui m'avance trente mille francs, j'épouse ma cousine à qui il a donné trente mille autres pièces de vingt sous. Il nous restera encore à tous deux la fortune de nos pères et mères, ci 120,000 francs qui, ajoutés aux 60,000 de l'oncle, font bel et bien 180,000 francs. Avec cela on ne meurt pas de faim.

— Ainsi, lui dis-je, c'est bien entendu. Vous ne songez pas à cultiver vos terres vous-même.

— Moi ! répliqua-t-il presque indigné, jamais. Tenez ! quand les vieux seront morts, je prendrai un maître valet. J'ai déjà arrêté mon choix. C'est sur Blaise, le bâtard de la Cati, que j'ai jeté les yeux. Un rude ouvrier, allez ! Et puis il nous est un peu parent du mauvais côté. Je lui dois bien ça, à ce garçon, n'est-ce pas ?

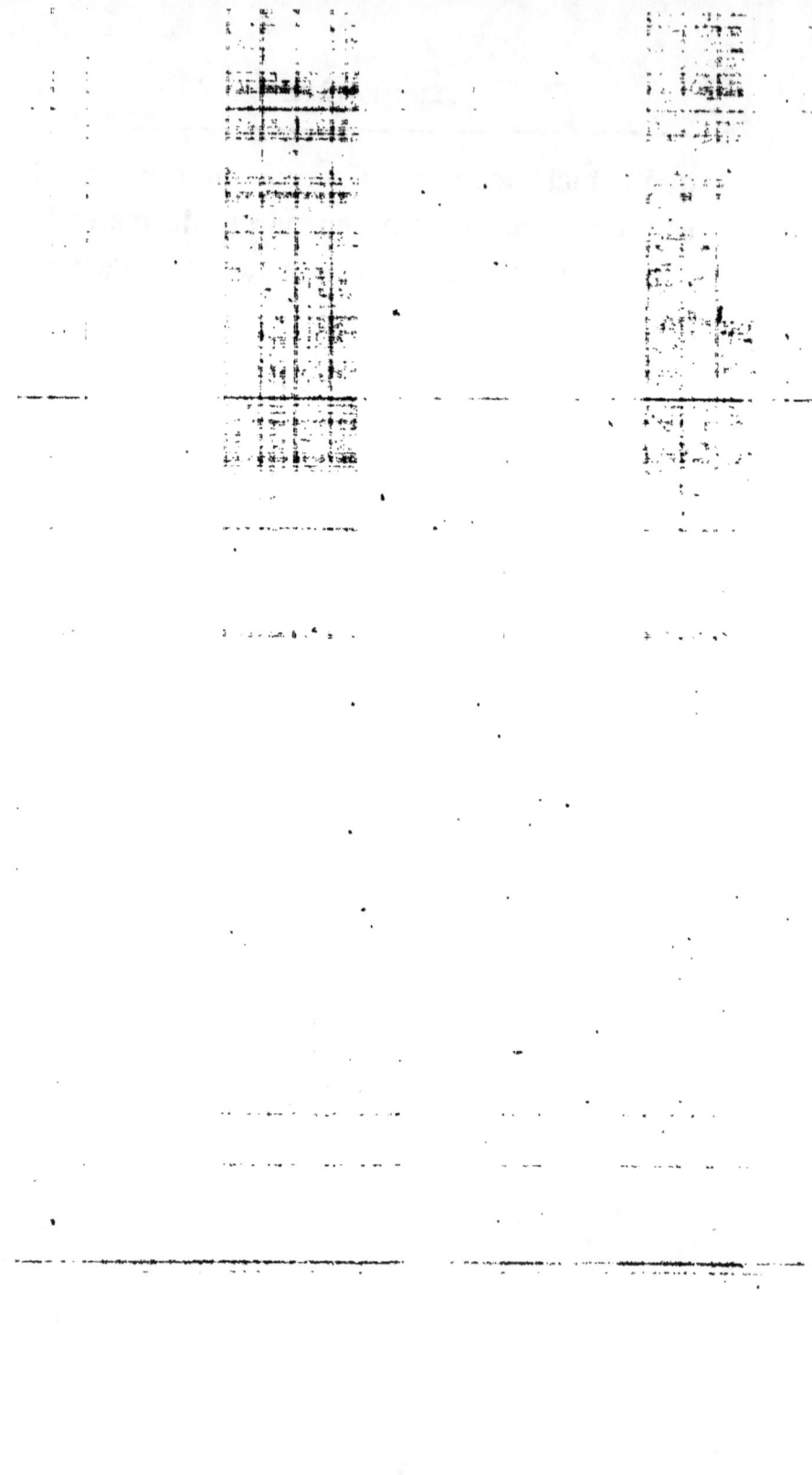

BOHÈME RUSTIQUE

Celui qu'on appelle Jacou par abréviation, puisqu'il est inscrit à l'état civil de Mons, sa commune, sous le nom de Jacoumet (prononcez le *t* final), va tantôt dans ses vingt-huit ans. C'est un beau garçon.

Très brun, il a, sous les cheveux frisés qui couvrent son front un peu étroit, des yeux vifs couleur tabac d'Espagne, son nez court est terminé par des narines sensuelles qui s'ouvrent au vent quand une fille en cotillon simple passe à côté de lui et laisse après elle son odeur forte de paysanne laborieuse.

La bouche de Jacou est sans doute grande

et trop bien fendue. Mais il vous a des lèvres
si rouges et des dents si blanches que beaucoup des petites maîtresses l'embrasseraient
volontiers en *catimini*, n'était le fort parfum
d'ail que le drôle exhale et qui vous réveillerait
les morts endormis sur le coteau situé au-
dessus des vallons de Sillonne. De la barbe de
Jacoumet, je ne puis dire également que du
bien. Elle a le ton de ces copeaux d'ébène qui
tombent en volutes délicates sous le rabot des
maîtres artistes du meuble. Avec cela, soyeuse
comme les fils qui servent à tisser les beaux
foulards dont les filles du pays couvrent leurs
chignons, le dimanche. — Il est dommage que
Jacou se tienne un peu voûté et qu'il ait les
bras ballants. Évidemment il vit trop seul. Il
faudrait le marier. Mais, voilà! Quelle fille
voudrait de lui qui veut toutes les filles?

Ce n'est pas un méchant garçon, allez. Mais
il est fainéant comme une couleuvre et paillard
comme un satyre. L'an passé, je le vis errer
dans nos bois et je me figurai avoir aperçu
l'un des jeunes œgipans sculptés au fronton
des temples antiques. Il allait, à peine vêtu

d'une vieille culotte de toile qui riait de tous les côtés et laissait voir ses cuisses velues.

Dès qu'il m'eut reconnu, il cabriola comme une chèvre. Tel devait être, dans le matin d'un ancien passé, le dieu Pan jeune et plein de sève. Aussi bien, si Jacou se fût trouvé, à cette heure, en présence d'une de nos robustes journalières qui portent sur leurs épaules un sac de blé plus facilement que vous ne portez, madame, votre pèlerine et votre boa, la belle fille aurait passé un fameux quart d'heure. Il n'y aurait pas eu, dans le bois, que le frémissement des feuilles agitées par l'autan ou que le soupir vague de la nature endormie.

Jacou travaille quelquefois quand ça lui prend. On a calculé qu'il peinait environ trente-six jours par an.

Un matin, par exemple, vous passez à côté du puits d'une ferme isolée dans la campagne. Vous entendez une voix qui sort du trou noir, une voix jeune qui chante un vieil air aux paroles patoises, sorte de mélopée très lente et traînante. Vous approchez, vous regardez au fond du puits et vaguement vous apercevez

Jacou, qui répare ou nettoie le réservoir d'eau.
Une autre fois, vous distinguez une espèce de
singe perché au sommet d'un peuplier qu'il
ébranche. Le singe chante. C'est toujours le
même air qui montait du puits, et qui, maintenant, descend de l'arbre. Ce singe, c'est Jacou.
Puisatier ou émondeur, c'est ainsi qu'il comprend les bas et les hauts de l'existence.

Du reste, il met le temps à la besogne. Il
travaille lentement comme les grands artistes.
Volontiers, il s'endort dans les étables chaudes,
laissant la boue qu'il a tirée des citernes se
sécher au soleil ; souvent, il fait le lézard au
pied des arbres dont il rafraîchit la chevelure,
et il regarde amoureusement la fumée de sa
cigarette se perdre dans la limpidité de l'air.

Ce gaillard-là est capable de tout. Nul ne
carillonne comme lui. Il y a un an, il était
le suppléant du sacristain et il vous faisait danser les cloches comme de bonnes filles.
Pour salaire, il recevait une croûte de pain
noir, un coin dans l'étable où il ronflait et des
coups de pied au cul quand il était réveillé.

Aujourd'hui il est garçon meunier par occasion. Il remplace au moulin un ouvrier qui fait ses vingt-huit jours. Jacou, lui, s'est dispensé du service militaire. On l'avait envoyé servir la patrie à Pau ou à Tarbes, je ne sais plus bien. Pendant six mois, il a volontairement donné des preuves si complètes d'insuffisance que, le septième mois, on vous l'a réformé et on nous l'a renvoyé. Les gens se sont moqués de lui, mais lui se moque bien d'eux. Il se croit, plus malin, en somme, que les pauvres bougres qui rentrent en uniforme au foyer après cinq ans d'absence et ne rapportent qu'un méchant galon de laine.

Jacou était né pour être gentilhomme. Je me doute même que l'une de ses aïeules fut mise à mal par l'un des noblaillons du pays. Je lui connais des goûts raffinés, très aristocratiques qui émerveillent les autres paysans et dépassent leur intellect. Ainsi, toutes les fois que ce bohème villageois s'est vu possesseur de deux louis, il est allé à Toulouse et il s'y est offert un *complet* dernière mode, dans lequel il a fait l'étonnement des populations. Puis les mauvais jours sont revenus. Jacou s'est senti des besoins de jeune homme. Il a *lavé* à un malin, pour deux pistoles, son complet encore neuf, et il est allé de nouveau à la ville goûter dans une maison hospitalière, mais close, de la rue des Jardiniers, des joies autorisées par la police.

Ainsi s'écoule la vie de cet honnête garçon. Peut-être quelque jour, Messieurs de la cour d'assises lui reprocheront-ils d'avoir trop adoré la chair fraîche. Quant à moi, je lui souhaite d'épouser une quadragénaire, paysanne aisée, qui ne demande qu'à aimer un beau gars et qui ne protesterait pas bien haut, si elle rencontrait Jacou, ce soir, dans les bois.

LE POIGNARD CORSE

Trente-deux degrés à l'ombre.

Stefani, notre cocher, ne pressait point les
quatre petits chevaux qui traînaient sur la
route de Vivario à Ghisone, l'antique guim-
barde où nous étions cahotés. Il fallait bien
laisser souffler les pauvres bêtes. Et puis, Stefani est d'avis que tous les chemins condui-
sent à Rome et que le principal est d'arriver
au but du voyage sans trop tenir compte de la
longueur des routes, de leur désagrément ou
de leur monotonie. Pourvu qu'on puisse mâ-
cher un épais cigare d'Ajaccio, s'arrêter de
temps en temps dans une auberge, y vider un

verre d'eau-de-vie de myrte, étaler sur du pain
noir un peu de fromage de Castifao, et causer
des dernières élections avec les gens de l'endroit, le reste doit aller à la grâce de Dieu. Il
faut savoir se faire une raison, ici-bas. Stefani s'en est fait une depuis longtemps.

Toute sa philosophie consiste dans une sorte
de fatalisme oriental. Je ne sais s'il y a dans
ses veines quelques gouttes du sang des Sar-
rasins, anciens conquérants de la Corse; mais
très volontiers le brave cocher se contenterait,
comme le premier Arabe venu, de dire, en présence d'une circonstance fâcheuse : « C'était
écrit ! » Aussi eût-il été parfaitement superflu
de vouloir l'obliger à presser l'attelage. Outre
qu'il serait resté impassible devant nos observations, Stefani n'aurait pas allongé le moindre coup de fouet aux petits chevaux. Ce sont
des amis pour lui et non des esclaves ou de
vulgaires bêtes de somme.

Tout le long du voyage, il leur parle, les
flatte, leur adresse des recommandations, les
supplie de ne point aller buter contre cette
grosse pierre qu'un mauvais drôle a placée là,

au milieu du chemin, leur demande s'ils ne seraient pas bien aises de prendre un peu de
repos et leur fait des compliments sur leurs
façons distinguées. Eux, très flattés, répondent
en secouant leurs têtes fines, dressent les
oreilles et, quand ils veulent être tout à fait
aimables, ils envoient à leur guide un hennis-
sement de bon goût. Brave homme et braves
animaux. On ne peut vraiment pas leur en
vouloir de certaines allures lentes quand on
pense à la vie qu'ils mènent. Est-ce gai après
tout de conduire ou de traîner une espèce de
berline d'émigré dans des routes que rôtit le
soleil et que bordent des précipices profonds
et creux comme un livre d'académicien.

D'ailleurs, pourquoi se plaindre? On fait
très commodément sa sieste dans ces voitures
d'antan. Banquettes larges, coussins bien ca-
pitonnés, rien ne leur manque, pas même l'es-
pace pour allonger les jambes. Le sommeil fait
au moins oublier la longueur de la route et la
lenteur de l'équipage.

Nous dormions donc indifférents au paysage.
Véritables profanes, nous fermions nos yeux

qui auraient pu contempler les pâturages verts
plantés de châtaigniers, les vignes enroulées
autour des figuiers dans des champs pierreux,
les chaumières disséminées devant la porte
desquelles se vautre généralement un cochon
bedonnant, bas sur pattes.

A certains coudes de la route, à mesure que
nous montions, nous aurions dû admirer toute
la vallée cortinaise qui s'étendait au-dessous
de nous et que limitait là-bas, sur la gauche,
la cime désolée du Monte-Rotondo. Mais bast !
Vital sommeillait doucement, Léonidas ronflait comme un tuyau d'orgue ; Cantelli, l'avocat, laissait aller sa tête au caprice des cahots
de la voiture ; quant à moi, je rêvais qu'une
belle fille, entrevue à Bastia, s'était mise à
mes genoux et me suppliait de goûter du
bruccio apprêté par elle.

— *Signori !* fit tout à coup Stefani à la portière de la voiture maintenant arrêtée.

— Eh bien, quoi? Est-il arrivé quelque
chose ?

— Non, quelqu'un tout au plus et quelqu'un
qui demande à vous serrer la main à tous.

— Qui ?

— Don Cesare Bracchi.

— Oui, don Cesare Bracchi, reprit une autre voix. Et le cocher étant allé reprendre avec ses chevaux un dialogue interrompu, nous vîmes apparaître une figure nouvelle.

L'inconnu tendit la main à Léonidas et à Cantelli qui nous le présentèrent.

— Don Cesare, nous dirent-ils, est desservant d'une petite commune voisine. Il serait très heureux si nous voulions l'y déposer en passant.

On se serra un peu. Je crois même que Léonidas monta sur le siège pour faire place au prêtre.

...

Ce dernier était un grand et solide gaillard, au front haut, sous lequel brillaient des yeux bruns. Il avait le nez un peu fort, la lèvre épaisse et sensuelle, les dents longues, le menton bleu, la main blanche aux attaches

délicates. Sa soutane de drap très fin était
hermétiquement boutonnée, malgré la chaleur. Il exhalait une odeur discrète de curé
coquet.

On causa.

Don Cesare évita soigneusement les sujets
politiques. Mais il était très au courant d'une
foule d'autres choses. Nul mieux que lui, par
exemple, ne connaissait le personnel féminin
de la haute société insulaire. Il n'avouait pas
avoir confessé la duchesse Mezzo di Largo, la
baronne Manucci ou la comtesse Cora Mystria.
Il le laissait simplement entendre avec une
bonne grâce aisée et une aimable finesse.
Hélas ! comme Figaro, l'abbé avait été victime
de la jalousie. Monseigneur d'Ajaccio l'avait
expédié dans une des dernières paroisses de la
montagne. Don Cesare ne s'étaint pas plaint,
n'avait pas récriminé. La vie du chrétien ne
doit-elle pas être toute faite de résignation? Il
était donc allé où ses supérieurs l'envoyaient
et, suivant la parole du Maître, il avait ins-
truit. Grâce à lui, les fidèles et dévotes brebis
de son petit troupeau étaient devenues plus

civilisées, plus aptes à s'initier aux tendresses mystiques de notre sainte religion.

Le prêtre étant trop modeste pour tout dire, Cantelli nous raconta que le jeune lévite obtenait de vrais succès auprès des paysannes. Il cultivait ces âmes vierges et neuves. Plus d'une l'avait récompensé de son zèle au delà de ce qu'il aurait attendu lui-même. Jamais curé n'avait avant lui, autant marié et surtout autant baptisé.

L'abbé essaya de protester, de se défendre. Nous lui fîmes comprendre que nous n'étions pas dupes de sa trop grande humilité. Alors il nous ouvrit son cœur.

* *

— Ah! s'écria-t-il, parler devant un grand auditoire, dans une des cathédrales gothiques du continent, convertir Madeleine, conserver Marthe et ramener Marie, c'est beau cela. Vous êtes des sceptiques, des athées peut-être, mais vous devez tout de même me comprendre.

11.

— Si nous vous comprenons! fit l'un de nous en souriant.

— Eh bien! oui, que voulez-vous? continua-t-il, c'est mon ambition à moi de prêcher ailleurs que dans ma pauvre chapelle. Vraiment, l'on excite encore beaucoup moins de jalousies dans les grands centres qu'au village. Si vous saviez combien l'on m'en veut à cause des prosélytes que j'ai su faire depuis que je vis par ici. Il y a des gens, peut-être même des confrères à moi, qui seraient enchantés s'il m'arrivait malheur ; par exemple si, un beau matin, on me trouvait couché sanglant dans ma soutane noire sur la route grise. Aussi ne saurait-on prendre assez de précautions, allez !
— Me voici au terme de mon voyage. Merci, messieurs, d'avoir accéléré ma route. Mais nous n'allons pas nous quitter ainsi. Il faut trinquer. Allons ! voici le cabaret.

Nous le suivîmes.

Dans la salle basse de l'auberge, il nous servit lui-même sous l'œil de la patronne, une grande belle femme à figure de Madone. Je me laissais aller cependant à regarder un fusil accroché au mur.

Pendant que je contemplais la crosse incrustée d'argent de cette arme, mes compagnons de route causaient.

Un moment vint pourtant, où l'abbé s'approcha de la belle cabaretière. Il y eut entre eux échange de paroles à mi-voix,

J'entendis ces mots :

— Vous avez tort, disait le prêtre, vous avez tort de vous alarmer ainsi, Giovanna.

Mais elle insista :

— Non, non, je sais ce que je dis. Veillez, Cesare, tenez-vous sur vos gardes.

Il eut un sourire dédaigneux. Elle continua :

— Je vous en supplie, conservez ceci pour l'amour de moi, Cesare...

Et je vis qu'elle avait dans sa main un poignard à manche de corne incrusté de cuivre et dont la lame dormait dans un fourreau de velours vert pâle.

Le prêtre glissa le stylet dans sa manche après avoir haussé les épaules.

* *
*

Nous allions nous remettre en route. Dehors le soleil chauffait de plus en plus le chemin. Le prêtre ne continuait pas le voyage. Je lui fis mes adieux avant de partir.

— Voulez-vous un souvenir de la Corse ? me dit-il en me serrant la main.

Et il tira de sa manche le poignard de Giovanna.

J'allais refuser, mais lui, insouciant, fataliste, me dit : « Les armes ! des joujoux. Quand l'heure a sonné, elle a bien sonné. »

Huit jours après, j'étais rentré à Paris. En lisant les faits divers d'un journal du matin, mes yeux tombèrent sur les lignes suivantes :

« UNE VENDETTA. — Le 10 courant, les habitants de la commune corse de Ghisone ont trouvé, à deux cents mètres de ce village, le cadavre du curé don C... B... Ce prêtre a été frappé de deux coups de poignard. La mort paraissait remonter à vingt-quatre heures. Étranger aux luttes politiques de son pays, don

C... B... paraît avoir été victime d'une vengeance particulière. »

. . . .

Aujourd'hui, le poignard est accroché à ma panoplie. Toutes les fois que je le regarde, il me vient comme un remords. Je me reproche d'avoir enlevé un moyen de défense à don Cesare : sans moi, peut-être il ne serait pas mort.

Et dans un cauchemar, je vois parfois aussi le beau prêtre couché sanglant dans sa soutane noire, sur la route grise, tandis qu'autour de lui, Madeleine, Marthe et Marie pleurent, se lamentent et se sentent veuves à tout jamais.

UN FONCTIONNAIRE

Voici ce que Léonidas Corsi me racontait naguère entre Vezzani et Venaco sur la route où le soleil roussissait la poussière épaissement grise :

« Il y a trois mois, voyez-vous mon ami, c'est-à-dire avant ces maudites élections générales, j'étais encore quelqu'un dans l'arrondissement. Je comptais. On m'adulait. Ce cantonnier devant lequel nous venons de passer et qui nous a regardés d'un air goguenard aurait léché les semelles de mes bottes si j'avais voulu. Aujourd'hui il se fiche de moi. Et ils sont tous comme celui-là depuis qu'on m'a révoqué.

Vraiment le pouvoir actuel a été plus injuste
à mon égard que tous ceux qui l'ont précédé.
Songez donc, j'étais en fonctions depuis 1846.
J'ai servi Louis-Philippe. J'ai servi Ledru-
Rollin. J'ai servi Cavaignac. J'ai servi Bonaparte président et Napoléon III empereur. J'ai
servi ceux du 4 Septembre, ceux du 16 Mai et
c'est la République de M. Grévy qui me crée
des loisirs forcés. Tout cela parce que j'ai
voté pour M. de Choiseul qui était sous-secré-
taire d'État et que je pouvais considérer à bon
droit, n'est-ce pas ? comme un candidat officiel
par excellence. Eh bien ! non M. de Choiseul
n'était par candidat officiel. Vos Parisiens qui
mènent tout et qui n'expliquent rien lui avaient
suscité un concurrent. Mais on ne nous avait
pas prévenus. Que diable ! erreur n'est pas
compte, encore faudrait-il bien établir que l'erreur est de notre côté. Oui, mon cher, voilà
pourquoi et comment trente-cinq ans de
loyaux services ont été oubliés. Avouez que
c'est un peu roide.

Sans me flatter, je fus un fonctionnaire modèle. Une seule demande de congé pendant

trente-cinq années de services! Autrement pas
un jour de repos dans la semaine. Je crois bien
per Bacco! que je n'ai pas manqué trois fois
d'aller à mon bureau le dimanche matin, de
neuf heures à midi. Rien ne m'y obligeait.
C'est égal. Je profitais des dimanches pour
mettre en ordre mes paperasses. Et voilà
comme on a récompensé ce dévouement! Voilà
le pouvoir plus avancé parce qu'il m'a enlevé
mes quinze cents francs d'appointements.

Ah! c'est moi qui regrette aujourd'hui d'a-
voir été le caniche de la sous-préfecture. Que
ne me suis-je créé des loisirs comme un tas
d'autres de mes collègues qui portent aujour-
d'hui l'habit brodé et l'épée à poignée de nacre?
On ne m'a pas donné d'avancement parce que
j'avais su me rendre indispensable. On vient
de me destituer parce que j'ai trop bien cru et
voulu défendre le gouvernement.

Pensez-vous donc que je ne me serais pas
offert des vacances comme les autres? Une
fois, une seule fois, je vous le répète, j'ai de-
mandé et obtenu un congé. Ma présence sur le

continent était nécessaire. Un de mes proches
parents avait fait des bêtises, il allait être envoyé aux travaux publics par le conseil de
guerre de Montpellier où il était en garnison.
L'honnête jeune homme s'était avisé de croire
qu'on peut pratiquer la *vendetta* au régiment.
Il avait quelque peu coutelé un sergent ou un
caporal, je ne sais plus bien. Je m'étais dit :
« Tu le sauveras, tu le feras acquitter. » Je l'ai
sauvé, après trois mois de démarches. Oui,
monsieur, trois mois. Durant ces douze semaines, je suis allé tous les matins et tous les
soirs chez les officiers qui devaient juger le coupable. Je les ai fatigués, je les ai lassés, je crois
même que je leur ai mis la puce à l'oreille. Je
me suis fait écrire plus de deux cents lettres
de recommandation à leur adresse. Et elles
étaient signées, s'il vous plaît, par ce que nous
avions de mieux, en Corse, à cette époque : des
sénateurs, des conseillers d'État, des députés,
des préfets, des généraux, des diplomates, des
magistrats. Non seulement ils avaient écrit,
mais il avaient fait écrire par leurs amis et
par les amis de leurs amis. Résultat net : mon

parent fut acquitté. Un peu plus le conseil de guerre l'aurait décoré.

— Léonidas, m'écria-je en l'interrompant, vous avez toutes les qualités voulues pour devenir ambassadeur !

— Je suis trop vieux aujourd'hui pour occuper ces fonctions, reprit-il avec un bon sang-froid. Et puis maintenant que je ne suis plus fonctionnaire, je me suis mis dans le commerce et, vous comprenez, je ne veux pas laisser péricliter mes affaires pour les beaux yeux du gouvernement.

C'est égal, j'ai souvent regretté Montpellier. Une belle cité ! C'est mieux que Bastia parce qu'on y trouve plus de jeunesse. Il paraît que ces sacrées villes où il y a des étudiants et de la troupe sont toutes comme cela. J'y ai vécu trois bons mois, niché au sixième étage de la maison du colonel qui devait juger mon parent.

Madame la colonelle avait une femme de chambre qu'on avait reléguée, comme moi, sous les combles. Elle était très bien la femme de chambre. Quant à moi, j'étais plus jeune

qu'aujourd'hui. Vous n'avez pas besoin que je
vous mette les points sur les *i*, n'est-ce pas ?
Le soir, voire même pendant les trop chaudes
nuits d'été, j'entretenais cette soubrette du
sort de mon malheureux cousin. Elle s'y
intéressait énormément, et elle sut y intéresser
madame la colonelle qui y intéressa son mari.
L'amour ne doit pas exclure les sentiments de
famille. C'est une de mes maximes favorites.
Eh bien ! que croyez-vous qu'ait fait mon
cousin devenu libre grâce à moi ; acquitté
grâce à mes relations officielles ou intimes ? Il
m'a enlevé l'affection de la femme de chambre.

Évidemment j'avais trop intéressé cette fille
au sort du gaillard. Elle devint sa maîtresse,
oui, sa maîtresse et... ma foi ! je n'en suis pas
fâché, car sans cela, je serais peut-être encore
à Montpellier, une belle cité.

— La Corse a dû vous sembler joliment monotone et austère à votre retour.

— Erreur, mon ami. D'abord on est toujours
de son pays, n'est-ce pas ? Au fond j'ai été bien
aise de retrouver mes montagnes, mon petit
chef-lieu d'arrondissement, noir, triste et can-

canier, le rond de cuir sur lequel j'ai usé mes
fonds de culotte. La vie des petits employés
n'est-elle pas faite de ces humbles mais douces
habitudes ? Et puis, enfin, mes fonctions m'o-
bligeaient à de fréquentes promenades officielles dans les cantons. Toutes nos femmes ne
sont pas aussi cruelles qu'on veut bien le
dire. Il en est de charmantes parmi ces paysannes au teint mat, un peu trop sévères d'aspect sous le foulard noir qui leur couvre le
front.

Glissons, n'appuyons pas. Le fait est qu'a-
près une vingtaine d'années de voyages offi-
ciels dans l'arrondissement (nous, avions
alors un sous-préfet qui aimait la plaisanterie),
je prenais part aux opérations du conseil de
revision.

Un conscrit bien râblé, bien solide, se pré-
sente :

— Monsieur le sous-préfet, dis-je à l'oreille
de mon supérieur hiérarchique, ne pourrait-on
pas exempter ce jeune homme ? Il est faible de
constitution.

— Faible! c'est étonnant comme il vous res-

12.

semble. Il vivra aussi longtemps que vous...
Enfin, pour vous faire plaisir : *exempté !*

Les médecins se regardaient, les officiers
fronçaient le sourcil. Mais que dire ? le sous-
préfet avait parlé.

Cette année-là et les deux suivantes, j'ai
bien fait dispenser du service cent cinquante
braves et beaux garçons.

Et toujours ce farceur de sous-préfet me
disait :

— « C'est étonnant comme il vous ressemble ! »

A vrai dire, ils avaient tous quelque chose
de moi.

Aujourd'hui je me console des déboires
administratifs en faisant aller mon petit commerce, avec ma jeune femme, une jolie brune,
jalouse comme un tigre.

Ça boulotte. Nous gagnottons quelques sous
en vendant des denrées coloniales. Mes meilleurs clients, voyez-vous, sont les conscrits
qui me doivent leur libération. Ils viennent
s'approvisionner chez moi avec une fidélité
rare, me donnent du « bonjour, père Léonidas ».

Quelques-uns m'appellent même tout bonnement *papa*. Il faut voir alors quelle grimace fait ma femme.

— Madame Léonidas devrait pourtant bien comprendre que, comme vous le disiez tout à l'heure : l'amour ne doit pas exclure les sentiments de famille.

— Oui, c'est ma maxime favorite. Mais ma femme n'en a pas encore approfondi toute la vérité.

LA FILLE A CLAUDE

Voulez-vous savoir pourquoi la fille de Jean-Claude est une gueuse?

L'histoire est simple.

La fille à Claude allait, comme l'on dit chez nous, sur ses dix-huit ans. On la nommait Marianne. Grande, rougeaude, bien bâtie, les yeux noirs et les dents blanches, elle faisait tourner la tête à tous les gars.

Notre maire, qui est aussi épicier, disait toujours en la voyant :

— C'est une belle personne.

— Et si sage, ajoutait tout le monde.

Comme nous sommes des voisins, nous et

Jean-Claude, la Marianne passait tous les jours devant notre ferme pour aller à son ouvrage.

Je la vois encore me crier : « Bonjour, père Mathurin. » Moi je lui répondais : « Bonjour, petite. » Ces choses-là, voyez-vous, ça ne s'oublie pas; on a beau être vieux, une jolie fille est toujours une jolie fille.

Et puis, à midi, quand je revenais des champs pour aller dîner, aiguillonnant mes bœufs enjougués qui marchaient devant moi, j'apercevais la fille à Claude dans la salle basse du château. Elle cousait auprès de la fenêtre, je tournais la tête et elle me faisait un signe d'amitié. Après tout elle me le devait bien, je suis le cousin de Claude, comme qui dirait, à la mode de Bretagne.

Mais cela ne vous dit pas pourquoi Marianne est devenue une gueuse; patience, nous allons y arriver.

On ne lui connaissait pas d'amoureux, et c'est rare dans notre pays où chaque fille a son *promis*. Pierre Michou, le serrurier, un gaillard solide et qui gagnait gros, je vous jure, l'avait demandée à Jean-Claude.

Le bonhomme voulait bien; mais sa fille refusa si net que ce pauvre Pierre revint à la
forge disant : « Je comprends, elle a de mains
trop blanches pour les mettre dans mes pattes
noires. »

Depuis ce temps-là, Pierre ne travaille plus,
il boit. Ce que c'est que les femmes, pourtant!

Tout ça n'empêcha pas la Marianne de vivre
à son ordinaire; au contraire, plus les gars la
regardaient, plus elle s'en allait à l'église.

Notre curé l'appelait « *sa chère brebis* » et
vous pensez si les autres filles étaient un peu
bien dépitées.

Notre curé d'abord n'est pas un homme
comme vous ou comme moi, c'est notre curé,
voyez-vous. On ne se figure pas comme il est
savant. Il connaît mieux les herbes à lui seul
que nous tous qui sommes nés dans le pays.

Et puis, ce qui ne gâte rien, il est soigné
quasi autant que les Messieurs de la ville : il
sera évêque un jour ou l'autre, c'est sûr.

Notre curé a une voix si douce, il chante si
bien que, le dimanche, au lieu de jouer au
bouchon sur la place pendant les offices,

comme on fait dans les villages autour de chez nous, nous allons tous à l'église pour l'entendre. Vous viendrez avec moi, à la grand'-messe prochaine et vous m'en direz des nouvelles ! Mais c'était bien plus beau du temps où la Marianne était encore là ; elle aussi chantait et il y avait des moments où tout le monde se taisait pour les écouter, le curé et elle.

Les mauvaises langues (il s'en trouve partout) appelaient Marianne une bigote.

Charles, le menuisier, qui a travaillé à Paris et qui s'est battu avec les insurgés, rencontra un jour Jean-Claude dans le *Chemin creux* et lui dit :

« Écoutez, père Claude, votre fille file un
» mauvais coton et vous n'y voyez que du feu.
» Elle donne trop dans le jupon noir et si elle
» ne devient pas béguine, eh bien ! dame ! elle
» pourrait tourner plus mal encore. Ce que je
» vous raconte n'est pas pour vous taquiner,
» mais ne l'oubliez pas. »

Jean-Claude le regarda de travers et lui répondit :

« Tu es une canaille, passe ton chemin ou
» sinon, gare. »

Ce mâtin de menuisier y voyait plus loin que
nous tous.

On s'aperçut un jour que la Marianne avait
perdu ses couleurs et qu'elle était enceinte.

Vous pensez si l'on potina; Claude pleurait;
Marianne se tut et resta chez eux.

Le dimanche, notre curé monta en chaire,
il dit beaucoup de mots latins, ce qui fait que
je ne me rappelle plus bien son sermon, mais
enfin je sais qu'il parla contre les garçons qui
séduisent et les jeunesses qui se font séduire.

Quelques mois après, le village voyait bien
d'autres choses.

Nous étions en été, il se faisait huit heures
du soir; les gens causaient sur le devant de
leurs portes en attendant la nuit.

Tout à coup voilà qu'on voit venir dans la
rue la Marianne qui portait un paquet blanc
entre ses bras.

Elle semblait lasse, mais elle marchait vite
quand même.

Il y avait dans le paquet de linge quelque

13

chose qui gueulait : c'était l'enfant. Derrière la fille à Claude, les gamins criaient et chantaient.

Elle marcha tout droit jusque chez le curé. Elle entra; les gamins vinrent nous chercher pour écouter sous les fenêtres ce qui se passait.

Ah! dame! la petite faisait un beau charivari et par moments nous entendions la voix douce du prêtre qui disait gravement :

— Vous êtes folle, mon enfant. Pardonnez-lui, mon Dieu, elle ne sait ce qu'elle dit!

Les gendarmes arrivèrent, la Marianne fut arrêtée et conduite trois jours après au Tribunal. On l'accusa d'avoir insulté et calomnié M. le curé. Il vint lui-même rapporter le fait; et d'ailleurs tout le monde avait entendu, les témoins ne manquèrent pas. Les juges envoyèrent la fille à Jean-Claude passer six mois dans une prison à femmes.

Elle en est sortie pour s'en aller à Paris où elle fait la noce avec des gens cossus. L'enfant est mort et ce pauvre Jean-Claude est devenu quasi-idiot, un propre à rien, quoi.

. . . .

« Eh bien, Mathurin, dis-je au paysan après l'avoir écouté, si vous aviez une fille, voudriez-vous qu'elle allât à confesse ? »

Il se gratta l'oreille, me regarda dans le blanc des yeux et répondit en me montrant son fusil accroché au mur :

« Je ne dis pas non ; mais si ma fille, en revenant de l'église, me rapportait un moutard, il y aurait une prune pour le papa. »

UNE FÊTE DE VILLAGE

———

Le petit village s'allongeait entre les montagnes boisées.

La rivière tranquille et calme mettait en mouvement un moulin dont on entendait le bruit monotone.

C'était fête.

Et quelle fête !

Un cirque ou un *carrousel* de chevaux de bois, comme on dit dans le Jura, tournait au son d'un orgue de Barbarie qui faisait entendre aux paysans émerveillés des airs d'Offenbach ou d'Hervé, vieux de trois ans.

Rudement taillés dans du bois dur les petits

13.

chevaux mornes, des chevaux inouïs peints en
ocre, en bleu ou en rose, se lançaient dans une
ronde monotone, d'abord lente, puis de plus
en plus rapide. Ils avaient des crinières héris-
sées comme des poils de brosse et des queues
flottantes qui ressemblaient à de minces ba-
lais hors de service. Quant l'orgue cessait de
moudre ses rengaines, les petits chevaux mo-
déraient leur course puis s'arrêtaient doucement avec un choc métallique d'étriers en
fer.

Mais ce qu'il y avait de plus beau, ce que les
gens admiraient, c'était les voitures avec leur
forme d' gondole, leurs rideaux rouges à pail-
lettes de cuivre, leurs coussins rembourrés de
foin et devenus durs comme des noyaux de
pêche. Tout cela était fièrement magnifique et
autrement intéressant que le vieux cheval, —
un cheval pour de bon, celui-là, — qui les
yeux bandés, tournait dans un même cercle
et mettait en mouvement la machine entière.
Dès que l'orgue recommençait sa chanson, des
gros gars en blouse bleue qui flottait au vent
brandissaient des lames de fer emmanchées

dans du bois et cherchaient à enfiler des anneaux. Le plus souvent leur dague inoffensive venait frapper le baguier avec un bruit sec.

C'était coup manqué.

*

Alors les apostrophes des voisins pleuvaient sur le maladroit et des gros rires vulgaires emplissaient le *carrousel*, se mêlaient aux notes fausses de l'orgue. — Sur les chevaux il y avait des amoureux, des filles rouges montrant des bas de jambes gras et engorgés qui d'une main se tenaient à la barre de fer à laquelle était accroché le cheval et donnaient l'autre main à un garçon monté sur un coursier voisin. Les plus craintives et les plus folles se fourraient dans les voitures, s'y faisaient accompagner par des galants, s'y entassaient avec des éclats de voix pleines d'accent traînard. Quand la machine était en mouvement, elles se penchaient contre le dossier étroit de la voiture, fermaient les yeux, heureuses de sentir le courant d'air obtenu par le mouve-

ment de rotation leur caresser les frisons de
la nuque. Leurs cous hâlés de paysannes solides prenaient une attitude quasi verticale
cependant que leur poitrine robuste laissait
deviner des choses cachées. Les gars placés à
côté des plus folles leur murmuraient des
propos lestes dans l'oreille et ils les pinçaient
pour mieux leur en faire sentir la saveur. Elles
poussaient des cris suivis de rires.

Puis l'orgue s'arrêtait net de nouveau, laissant parfois pendre dans le vide le son aigre
d'une note cassée. Le cheval poussif cessait
de tourner, il soufflait bruyamment, fatigué et
comme perdu dans la nuit du bandeau de cuir
collé sur ses yeux. Une vieille à cheveux gris,
pleins de poussière, s'approchait des amateurs
et empilait les gros sous dans sa main ridée. Et
toujours la même ritournelle pendant toute la
sainte journée du bon Dieu !

Un de nous, Parisien qui n'avait jamais
quitté la rue Montmartre jusqu'à ce jour, s'a-
musait beaucoup des tournures et des toilettes
villageoises. Les bonnets tuyautés chargés de
rubans verts ou orange, les cheveux luisant

de pommade rance, les mains rouges qui faisaient éclater les mitaines à vingt-neuf sous, les robes à grosses raies tapageuses ou à fleurs éclatantes, les cravates roses tranchant sur les cous brunis par le soleil, tout fut pour lui l'occasion de remarques.

A côté du cirque de chevaux de bois, un camelot faisait valoir sa marchandise sur un ton enroué. Des gamins, qui se fourraient les doigts dans le nez, contemplaient d'un air de stupéfaction profonde les bibelots variés qui s'étalaient sur les tréteaux de ce gagne-petit. Il y avait des blagues à tabac en cuir à fermoir métallique sur lesquelles le mot *tabac* était écrit en gothiques dorées ; des porte-monnaie en carton recouvert de velours rouge, jaune ou bleu de ciel et chamarré de filigrane, des bagues en argent, de ces petites bagues minces qui portent les emblèmes des vertus théologales en guise de chaton ou sur lesquelles deux mains se croisent, des couteaux dont les lames en fer poli reflétaient les rayons du soleil. A un fil d'archal, au-dessus de toutes ces choses, étaient suspendues des chaînes de

montre en acier, en faux argent, oxydé, en
cuivre avec des cachets impossibles et des bre-
loques invraisemblables; puis plus loin, sur le
même fil, il y avait des cravates écossaises,
violettes ou jaune clair, de ces cravates que
les garçons de village aiment tant et qu'ils
laissent pendre volontiers sur la chemise de
grosse toile entre la blouse bleue ou grise ouverte sur le devant. Des filles, qui revenaient
des chevaux de bois, se firent payer par leurs
galants des savons roses veinés de blanc et des
boucles d'oreilles en verre, topazes de treize
sous. Tout cela avait en soi le reflet du luxe du
pauvre.

*
* *

En face, un vieux étalait sur une table des
joujoux peu coûteux et des bonbons, d'affreux
bonbons de foire, prâlines fabriquées avec de
la fécule de pomme de terre, fondants gris de
poussière, dragées roses et violettes qui pois-
saient sous les rayons du soleil. Un gros es-
saim de guêpes était venu s'abattre sur ces

douceurs de pacotille qu'elles couvraient de
leurs mille corselets brunâtres et sales. Le
vieux vendait aussi des petits gâteaux secs
sur lesquels des anis roses et bleus formaient
en relief des arabesques sans goût. Il y avait
encore sur la table des rectangles de sucre de
pomme entourés et enveloppés dans du papier
argenté au milieu duquel on voyait soit le
portrait d'une demoiselle en robe chocolat
clair, soit un beau monsieur frisé, habillé
d'une redingote vert pomme.

Le monsieur s'appelait Arthur, la demoiselle
Bérénice, s'il fallait en croire la devise placée
au-dessous de leur image respective. Les joujoux étaient plus humbles : il y avait des petites
montres dont les aiguilles dirigées par le doigt
tournent sur un rond de carton, des sifflets en
buis, des musiques à bouche, des trompettes
en fer blanc autour desquelles s'enroulaient
des tresses de coton rouge et blanc, des
pantins et des voitures en bois aux angles
raides et comme mal équarris, enfin des mir-
litons couverts de papier doré tout festonné de
devises.

Le vieux attendait la clientèle et paraissait
légèrement scandalisé du bagoût de son concurrent d'en face.

*
* *

Enfin, à gauche, dans un verger attenant à
une grande maison jaune, on dansait et l'on
buvait sous les arbres.

Quatre musiciens hissés sur une estrade en
planches abritée par une toiture de branches
de sapin jouaient des airs rococos dans des
instruments impossibles. Le piston déchirait
l'air et ses notes aigrement tapageuses semblaient intimider la clarinette de buis jaune
dans laquelle soufflait un petit jeune homme à
lunettes bleues. Le joueur de cornet devait
d'ailleurs être le chef de cet orchestre en
miniature ; les autres musiciens, un ophicléide
pansu et un trombone à coulisse dont les bras
s'allongeaient selon les exigences du rythme, le
considéraient avec une sorte de respectueuse
admiration. Ce joueur de piston était un
grand bellâtre venu de la ville, un de ces per-

sonnages qui sont ouvriers à demi et messieurs au quart. Il étonnait les filles de village par la blancheur de ses mains de fainéant, la nonchalance voulue de ses poses, le soin prétentieux qu'il apportait à sa personne.

Oh ! parmi les danseuses qui sautaient au bas de l'estrade sur les planches dont on avait couvert ce coin de verger, combien auraient voulu sans doute se sentir emportées dans les bras du beau joueur de cornet. Et lui le savait bien, car entre deux reprises il daignait sourire à l'une ou l'autre. Puis tout à coup, il faisait crier de nouveau son instrument et alors les gars, emportaient à tours de bras leurs danseuses et marquaient la mesure de la valse en frappant par intervalles les planches d'un coup de talon. Tout cela tournait et dans l'ardeur des galops ou des polkas, on apercevait un mélange confus de visages rouges, de cheveux au vent, de rubans jaunes, marron, cerise ou chocolat, de blouses neuves d'un bleu luisant que le courant d'air soulevait et gonflait comme des ballons de baudruche.

14

..
.

Fouillis de tapage et de couleurs.

Quand la danse cessait, les couples raides et gourmés, dans des attitudes bizarres de gens trop comme il faut, se promenaient en cercle bras dessus, bras dessous, causant.

C'était très bien.

Au fond du verger l'on buvait.

On avait installé là sur quatre pieux de sapin des planches fraîchement rabotées sur lesquelles les culs de bouteilles laissaient des circonférences violettes.

Il y avait des causeries de cabaret en plein air.

Des vieux en manches de chemise, les coudes sur la table, la tête dans les mains, se regardaient dans le blanc des yeux en contant leurs petites affaires. Un ivrogne chantait tout seul pour la centième fois un refrain qu'il reprenait sans cesse et qu'il accompagnait de coups de poing qui faisaient sautiller son verre sur la planche de sapin dont on avait fait une

table très rustique. Des fillettes de quatorze
ans, trop jeunes pour danser, se promenaient
dans le verger avec des airs de grandes demoiselles un peu prudes. Elles coulaient parfois
un regard en dessous, là-bas, vers l'estrade où
le joueur de cornet à piston faisait le beau.
Des gamins, des tout petits, guignaient les
pommes vertes des arbres, des pommes
fièrement bonnes qui agacent les gencives
quand on mord dedans. Tout ce monde faisait
des taches voyantes et claires sur le fond du
verger qui avait des teintes de plat d'épinards.

MARIAGE DE RAISON

En octobre 1878, c'était bien décidé : Jehan
de Sillonne faisait une fin. Il était résolu à se
marier. Avec qui? Il ne le savait pas encore.
Les partis ne manquaient pas. Le tout, c'était
de bien choisir... et d'être agréé. Jehan hésitait entre quatre ou cinq jeunes filles : il se demandait s'il épouserait Éliane de Viviès ou
bien Odette Barthélemy, celle-ci blonde comme
les grains de blé que vendait son père, celle-là
brune comme le corbeau qui figurait dans son
blason familial. A défaut d'Eliane et d'Odette,
il y avait encore Berthe de Marticens, Éléo-
nore Jougla et Hortense du Val-Pujol, toutes

14.

trois charmantes, bien élevées, suffisamment
riches et animées des meilleurs principes. Ces
cinq demoiselles étaient certainement les meilleurs partis de la contrée. Jehan n'aurait pu
trouver mieux dans tout le département du
Tarn. Et pourtant, il faisait le difficile. Eliane,
lui avait-on assuré, était impérieuse, obstinée
et pleine de fougue. Odette au contraire avait
la réputation d'être mollasse. C'était une de
ces fausses poitrinaires qui meurent à quatre-
vingt-douze ans, après s'être fait plaindre, dor-
loter et soigner. Berthe de Marticens avait un
léger, très léger défaut dans l'œil; Eléonore
Jougla n'était pas suffisamment musicienne;
quant à Hortense du Val-Pujol, elle adorait
trop la peinture et consacrait tout son temps à
des études d'après nature peu propres à ras-
surer un candidat au mariage.

Jehan avait donc une objection contre chacune des hautes demoiselles à marier que
comptait la ville d'Albi. Il est vrai qu'il ne
s'examinait pas assez lui-même. A tout considérer, il était un médiocre parti. Tout d'abord,
il allait à grands pas vers la quarantaine. En-

suite, il avait royalement fait la fête, à Paris,
et il lui en était demeuré des maladies d'estomac qui le rendaient lunatique, ennuyeux
autant qu'ennuyé. Manquant d'initiative personnelle, il avait abandonné l'administration
de ses biens à des hommes d'affaires canailles.
Ils avaient encouragé ses manies dépensières
pour le voler plus aisément. Aujourd'hui, en
somme, il ne lui restait pas deux cent cinquante mille francs de fortune et il se souvenait d'avoir possédé quatre millions. Toute la
forêt de Revel lui avait appartenu naguère.
Maintenant, elle était vendue, divisée par lots
que s'étaient disputés des paysans rapaces, dé-
frichée et disparue. Sans les quatre ou cinq
bordes qu'il possédait encore du côté de Vil-
lemur, il eût été ruiné, archi-ruiné. Et avec
cela, propre à rien... Un incapable dans toute
la force du terme. Tout au plus des faiseurs
parisiens s'étaient-ils servis de son nom pour
le mettre parmi ceux des administrateurs d'une
société financière qui fut déclarée en faillite
six mois après avoir été constituée. Ses con-
naissances techniques se bornaient à une no-

tion très exacte des règles du baccara, de la roulette et du trente et quarante. Médiocre sportsman, il savait peu de chose des qualités ou des défauts du cheval; en revanche, il pouvait réciter par cœur les noms de tous les book-makers, de toutes les vieilles tendresses et de la plupart des belles petites qui tachent la pe-louse.

Enfin il avait contre lui et contre ses projets matrimoniaux quelque chose ou quelqu'un de terrible. Cela répondait au nom de Zaza.

Zaza, — abréviation gâteuse d'Élisa — fut durant treize années la maîtresse en titre de Jehan. Partout il avait traîné après lui cette petite boulotte blondasse, coiffée comme un caniche avec des frisons qui retombaient sur des yeux futés d'un bleu dur, un nez ouvert à la pluie, une bouche bien fendue et un menton gras-souillet. C'était une de ces filles qui demeurent éternellement jeunes, et auxquelles on finit par ne plus donner d'âge exact. Chaque année, à l'automne, elle était venue à Albi avec Jehan. Ses toilettes tapageuses, ses al-lures d'ancienne nymphe de l'Élysée-Mont-

martre, avaient scandalisée les bourgeois
d'Albi. A Castel Sillonne, elle étonnait les
rudes et naïfs paysans méridionaux qui,
n'osant lui manquer de respect à cause de
Jehan leur maître, causaient fermé par derrière et exclamaient douloureusement des
« *Boun-Diou!* » ou des « *Jésusss* ».

Maintenant c'était première année qu'on ne
la voyait plus. Cela étonna d'abord. Les indi-
gènes du chef-lieu méridional éprouvaient positivement le besoin d'être scandalisés, à époque
fixe, comme cela, un peu avant les vendanges.
Zaza faisait partie du programme de leur
année comme la procession de la Fête-Dieu ou
la cavalcade du mardi-gras. On trouva presque
mauvais que Jehan de Sillonne eût abandonné
sa maîtresse. A tant faire, n'est-ce pas? il aurait
dû commencer par ne point vivre avec elle. Si
encore il ne s'était pas ruiné pour cette drô-
lesse! Mais, au café du Rond-Point, un beau
dimanche, pendant que leurs dames étaient à
vêpres, Abrouzet, le notaire, et Guillemens,
l'avoué, révélèrent aux habitués les dilapida-
tions du baron de Sillonne. Non seulement, il

avait dépensé avec Zaza le plus clair de son
bien, mais encore, avant de se séparer d'elle,
il lui avait fait remettre soixante mille francs,
de dédommagement. Abrouzet en savait quelque chose : c'était lui qui, après avoir trouvé
cette somme, l'avait expédiée à Paris.

Ces cancans allèrent leur train ; du café du
Rond-Poind, ils s'envolèrent sur toute la ville,
grossirent énormément en route, scandalisè-
rent les familles et mirent la jalousie au cœur
des petits jeunes gens désireux d'imiter l'intelligente conduite du baron.

Lui cependant vivait avec dignité. Il allait au
cercle à heures fixes, faisait le whist du comte
de Viviès et le piquet du père Barthélemy. Il
parlait peu, cachant sa prodigieuse insuffisance
sous un laconisme de bon ton. Il jugeait d'ailleurs que ces manières distinguées lui vau-
draient des demandes et des ouvertures de la
part de beaux-pères futurs. Il se trompait.

Les pères de filles à marier le trouvaient très
bien... au cercle. En dehors de la salle de jeu,
il n'était plus leur homme. Au cercle, il était
un ornement devenu aussi nécessaire que les

copies de Tintoret qui moisissaient contre les murs. Il figurait bien entre la pendule et les tables de jeu, œuvre d'un ébéniste de la Restauration. Dans la rue, ce n'était plus du tout cela. Il redevenait le premier venu, le gentilhomme ruiné que les monotones provinciaux détestaient surtout parce qu'il avait *vécu*.

Un jour, M. de Viviès lui dit entre deux parties de whist :

— A propos, mon cher baron, il faut que je vous apprenne une nouvelle ; je marie Eliane.

— Tiens, répliqua Jehan, j'allais à l'instant même vous...

Puis il s'interrompit et reprenant sa phrase au bout de deux secondes :

— ... Vous féliciter. On m'avait annoncé la chose, en effet.

En rentrant chez lui, Jehan de Sillonne réfléchit qu'il avait peut-être eu tort de ne pas demander Eliane à M. de Viviès. Le lendemain, très décidé à épouser Odette, il se présenta chez Barthélemy. Le marchand de blé fut poli, mais froid. « Sans doute, il était honoré, mais » vraiment cette pauvre Odette était encore

» bien jeune et si chétive avec cela ! Il ne di-
» sait pas non. Mais enfin on ferait bien d'at-
» tendre. »

Des semaines s'écoulèrent. Aux vacances
d'automne, Agénor de Marticens, qui étudiait
le droit à Paris, revint étonner ses concitoyens
par ses belles manières de jeune homme à la
mode. Il connaissait tout le monde élégant de
la capitale. Il avait des histoires et des cancans sur les filles de Paris. Il précisait même
pour être mieux compris.

Ce fut ainsi qu'il donna des nouvelles de Zaza
aux habitués du café du Rond-Point. Il l'avait
vue, il l'avait reconnue : elle avait si peu
changé ! Elle était riche, très riche maintenant.
Entretenue par un banquier israélite, elle avait
joué à la Bourse et sa fortune décuplait. Elle
donnait des fêtes dans l'hôtel qu'elle habitait
rue Prony, derrière le parc Monceau. Agénor
de Marticens était allé chez elle. C'était d'un
distingué !

Cette conversation répétée, ressassée par l'é-
tudiant, parvint aux oreilles de Jehan. Il se dit
que Zaza était fort heureuse ; mais en même

temps il jugea difficile de devenir le beau-frère d'un jeune homme qui connaissait si bien la bonne fille.

Huit jours après, Jehan apprit la ruine du tanneur Jougla, l'un des négociants les plus riches de la contrée pourtant ; des spéculations malheureuses l'avaient réduit à rien. C'était dommage... Un homme qui avait une grande fille à doter !

Presque en même temps, on clabauda très fort : Hortense du Val-Pujol venait de se faire enlever par un capitaine de dragons avec lequel elle allait dessiner sous bois, d'après nature. La famille s'était hâtée de bâcler très vite le mariage, pour étouffer le scandale.

Puis la ville reprit peu à peu ses habitudes calmes et moutonnières. Les années succédèrent aux années. Jehan de Sillonne continuait à faire des effets de torse devant la cheminée du cercle. Il avait un peu blanchi et il prenait une toute petite pointe de ventre. C'était toujours le gentleman correct, froid, comme il faut, banal et nul. Il achevait tout doucement

15

de se ruiner au jeu, perdant aujourd'hui cinq cents francs et demain mille écus.

Il ne cherchait même plus à se marier. C'était une occupation cela, et même une occupation fastidieuse ! Il connaissait en somme l'art de tuer le temps à ne rien faire.

Tous les soirs, à cinq heures, par exemple, il allait confectionner savamment une absinthe au buffet de la gare. En buvant son apéritif à petits coups, il attendait l'arrivée du train de Paris, ça le distrayait. Parfois il entendait un commis voyageur qui ne gasconnait pas et il se croyait en plein boulevard.

Un beau soir du mois dernier, Jehan se trouvait à la gare comme d'habitude. Le train venait d'arriver. Tout à coup, le gentilhomme décavé se frotta les yeux pour mieux voir. Mais non ! Il ne se trompait pas. C'était bien Zaza qui descendait d'un wagon de première : Zaza toujours frisottée, avec le même nez en l'air, le même menton grassouillet, Zaza toujours jeune. Elle aperçut Jehan et tomba dans ses bras. Puis, comme il voulait parler, elle lui ferma la bouche avec la main et lui dit :

— Fais avancer ta voiture et envoie prendre mes malles. Il y en a six, plus deux valises et trois caisses à chapeaux. Allons vite chez toi. Je te dirai tout. »

Jehan obéit.

Chez lui, dans le vieil hôtel provincial des de Sillonne, Zaza s'est expliquée. « Vrai ! Elle avait assez de cette vie-là. Elle voulait en finir. Il faut être raisonnable une fois pour toutes. »

— Vois-tu, mon ami, continua-t-elle, l'argent que tu m'as donné, il y a six ans, m'a porté chance. Je suis très, très riche. Part à deux, dis, veux-tu ? Seulement nous avons trop d'expérience pour faire des bêtises. Nous arrangerons nos petites affaires devant le notaire et le maire. J'aurais pu penser à d'autres, mais je n'ai songé qu'à toi seul. Je te devais bien cela.

.   .   .   .

Aujourd'hui Zaza est baronne. Elle désire très sérieusement devenir dame patronnesse.

DANS LE DOS

Il avait déménagé un samedi. Ç'avait même été toute un affaire pour obtenir d'être libre, ce jour-là. Son chef de bureau n'avait pas manqué de lui faire observer que le travail pressait justement au ministère. Le supérieur avait adressé à ce propos une mercuriale sévère mais injuste à son subordonné. Il avait parlé du devoir administratif, des employés qui en prennent à leur aise, de la nécessité pour l'État d'avoir des serviteurs modestes mais fidèles au poste. Le pauvre garçon reçut, impassible, cette douche de semonces. Il avait à lui, entièrement à lui, la journée de samedi. Peu lui importait le reste.

15.

Il se leva de très bonne heure, se mit en quête d'un commissionnaire et d'une voiture à bras. Il eut une longue discussion avec l'Auvergnat qui lui demandait dix francs pour transporter de la rue Bonaparte à la rue Vaneau une malle, une petite armoire, un bureau, trois chaises en velours frappé, un fauteuil crapaud, un lit, une table, un carton à chapeau et un vase intime. Enfin on traita à sept francs cinquante et une chopine supplémentaire.

Il aida l'homme de peine, descendit avec lui son chétif mobilier de budgétivore, souffla, ahéla, s'écrasa les doigts entre le mur de l'escalier et le bois de son bureau qui pesait ferme.

Dehors, il suivit la petite voiture traînée par le portefaix. Il avait ainsi une attitude navrée de pauvre qui accompagne tout seul le convoi d'un cousin mort à l'hospice. De temps à autre, il plaçait la main sur l'un des meubles que le cahot de la charrette faisait ressauter. Des suisses d'hôtel à la porte blasonnée, des larbins qui prenaient l'air du matin le regar-

dèrent passer. Ils le considéraient avec pitié,
en protecteurs. Un peu plus, ils lui auraient
reproché de salir le pavé des nobles rues.

Il s'installa cependant dans son nouveau domicile. Il le trouva décidément mieux que l'ancien. C'était aussi haut sans doute, les plombs
lui envoyaient ici comme là-bas des senteurs
douteuses. Mais, en ouvrant la fenêtre, il apercevait deux fois plus de ciel et le voisinage des
couvents de la rue de Babylone lui fut cher tout
d'abord. Ces maisons religieuses carillonnaient
toute la journée. Le son des cloches lui rappelait son enfance, sa province béate et cléricale.
Positivement il se sentait rajeuni. D'autre
part, ses vœux étaient satisfaits. Il avait déménagé pour être plus près du ministère où il arrivait toujours en retard. Dorénavant il serait
exact. Trois enjambées et il se trouvait au bureau.

Une fois de plus, il voulut être sûr qu'il ne
se trompait pas. Au milieu de ses meubles encore en désordre, traînait un plan de Paris; il
l'ouvrit, calcula les distances pour la centième
fois et s'applaudit d'avoir changé de domicile.

Il demeurait maintenant tout à côté du ministère.

Il avait passé cette journée de dimanche à ranger son chétif mobilier. Il employa à cette besogne toute sa minutie de niais tranquille, épris des petites choses.

Le lendemain matin, entre neuf et dix heures, il trottina vers le ministère. Il marchait avec une certaine inquiétude, un peu chagrin de ne plus retrouver les passants qu'il coudoyait sur son ancien chemin, se méfiant d'autre part des mauvaises rencontres ou des tentations offertes par les boutiques inexplorées des rues nouvelles.

Rue de Bellechasse, cependant, il leva le nez vers une fenêtre d'entresol et il aperçut deux grands yeux veloutés, très noirs, très doux, qui le fixaient. Pas ou presque pas de visage. Des lignes maigrichonnes, à peine esquissées, indiquaient un nez, des lèvres, un menton de jeune fille.

Mais ces yeux, ces grands yeux veloutés poursuivirent obstinément le gratte-papier. Toute la journée, il crut les retrouver. Il les vit danser au bout de son crayon ; il pensa que ces yeux lisaient sa prose barbare de commis-rédacteur ; il craignit de tremper sa plume dans l'encre qui le fixait, comme les yeux entr'aperçus. Ce fut une obsession constante.

Le soir, en rentrant dans son taudis de la rue Vaneau, il retrouva derrière la même fenêtre ce regard aimable et inquiétant. Il n'en dormit pas.

Dès lors, matin et soir, le pauvre garçon fut attiré par les yeux de l'inconnue. Il ralentissait le pas en approchant de la maison où elle demeurait. Longtemps il la regardait très ému, très attendri. Quand elle se voyait ainsi contemplée, elle avait un pâle sourire à peine indiqué sur ses lèvres effacées. Mais ses yeux brillaient plus étrangement. Le cul de plomb en était tout amolli.

Naturellement, il recommença à arriver en retard au bureau.

Puis il devint rêvasseur, presque morose, tout à fait inattentif à la besogne routinière. Son chef le réprimanda, l'empêcha de passer commis principal. Il subit cette disgrâce sans

murmurer, sans même la ressentir. Les yeux
de la jeune fille l'inquiétaient seuls.

Il crut qu'il allait devenir monomane. Depuis six mois, il était persécuté par ce regard.
En se tâtant bien, il s'aperçut qu'il aimait follement cette inconnue. Il ne lui avait jamais
parlé. Toujours il l'avait vue assise dans son
fauteuil près de la fenêtre. Son imagination
combla toutes les lacunes de ses observations.
Il reconstitua l'adorée telle qu'il l'aurait
voulue. Elle devait avoir vingt ans, posséder
une de ces voix légères qui nuancent les sous-
entendus, être éprise de goûts artistiques mé-
diocres, aimer la musique de Gounod, les
vers de Musset, les romans de Cherbuliez, les
tableaux de Cabanel. Sans aucun doute elle
avait un cou de cygne et une taille de guêpe.
Oh ! oui, surtout une taille de guêpe comme
celle des belles dames qui figurent dans les
gravures de modes.

N'y pouvant plus tenir, il eut l'audace grande
de questionner la concierge de la bien-aimée.
Cette femme le prit pour un mouchard, mais
parla tout de même, histoire de se distraire.

Au bout de deux minutes, il savait tout. Elle s'appelait Eudoxie, était fille d'un médecin, avait perdu sa mère, sortait peu, ne se marierait probablement jamais. Cette dernière révélation enchanta l'employé. Plus de doute : elle ne se mariait point parce qu'elle l'aimait. Il n'en demanda pas plus long.

Le surlendemain, il lui écrivit une lettre qu'il avait recommencée quinze fois. Point de réponse. Mais les yeux, les grands yeux le regardèrent d'une façon toute spéciale. Jamais ils ne lui avaient paru aussi limpides. On aurait dit que la jeune fille avait pleuré.

Il écrivit de nouveau. Le soir même du jour où il avait mis à la poste cette seconde lettre, un quinquagénaire très boutonné, panaché d'un ruban multicolore, se présenta chez lui.

— Je viens, dit-il, vous demander une réparation, monsieur. C'est vous, n'est-ce pas? qui vous êtes permis d'adresser une déclaration à ma fille !

Le bureaucrate, devenu très blême, n'eut pas la force de bégayer un oui.

— C'est vous, monsieur, continua l'autre.

Eh bien ! on ne se moque pas du monde ainsi.

Choisissez : ou la main d'Eudoxie ou un duel.

L'amoureux respira bruyamment.

— La main, s'écria-t-il, je prends la main.

— Eh bien ! mon gendre, venez embrasser votre fiancée.

Un quart d'heure après, il était en présence des yeux, de grands yeux troublants.

Mais il ne les vit pas, il ne regarda que le dos de sa future femme. Horreur ! Eudoxie était bossue.

Il l'a épousée tout de même.

———

D'APRÈS LES MAITRES

A HENRY CÉARD

Ces Critiques en Action

16

ROBINSON CRUSOÉ

———

Trois mois s'étaient écoulés depuis qu'il avait été jeté dans cette île déserte par la plus terrible des tempêtes.

Tout l'équipage avait péri sauf lui. Un matin, il s'était réveillé d'un long évanouissement, là, sur la plage, en face de laquelle il avait construit une cabane faite de terre molle et de planches, débris du navire. Maintenant, il ne restait du superbe bâtiment qu'une carcasse énorme échouée sur le sable. On aurait dit le cadavre de quelque monstre noir que les flots venaient laver. Tout était d'une désolation morne. Aucune trace humaine. Le naufragé avait vécu dans l'isolement le plus complet depuis qu'il avait échoué là. Ses premiers jours avaient été occupés par la construction de la cabane où il s'abritait. Puis il avait emmagasiné dans cette hutte les choses nécessaires à l'existence qu'il avait trouvées dans le navire. Ç'avait été tout un travail. Enfin il avait chez lui deux mille six cent cinquante trois boîtes de bœuf conservé, dix caisses des biscuit sans compter quatre tonneaux d'excellent rhum de la Jamaïque fabriqué avec de l'eau-de-vie de pommes de terre distillée à Berlin. Sans doute il n'est pas agréable de se nourrir tous les jours de bœuf conservé. A la longue cette viande devient plus insipide que les haricots tri-hebdomaires qu'on sert dans les réfectoires de collèges. Mais enfin tout le monde n'a pas la chance de faire naufrage.

En se consultant bien, le très révérend Josias Samuel Robinson ne fut pas autrement mécontent de l'aventure qui lui arrivait. C'é-

tait un logicien en même temps qu'un opti-
miste. Il commença par se dire qu'on est
toujours fort heureux de sauver sa peau quand
les autres perdent la leur. D'autre part, il se
souvint qu'il avait été envoyé en Océanie pour
convertir au protestanisme anglican toute une
population de Mélanésiens qui mangent les
petits enfants pour assurer la tranquillité des
parents. Sa mission d'homme noir terminée,
les soldats rouges de S. M. Victoria auraient
protégé dans le pays sauvage le commerce et
les rapines d'une douzaine et demie d'usuriers
britanniques qui auraient installé des comp-
toirs. Le Révérend Robinson savait que c'est
ainsi qu'on colonise. Il pensa qu'il pourrait fort
bien à lui seul remplir l'office des soldats et
remplacer avantageusement les dix-huit filous
parés du titre de négociants.

Enfin il fut enchanté de vivre pendant quelque temps un peu loin de la digne madame
Robinson qui lui avait donné six filles et trop
peu de ces joies que le Seigneur excuse sans
les approuver. Imbue des principes d'écono-
mie; très dévouée, trop dévouée même aux so-

16.

ciétés de tempérance, madame Robinson interdisait à son mari l'abus du Porto, du Xérès, du gin et du brandy. En famille, le révérend était condamné au thé mal sucré avec de la cassonnade et aux petits pains insuffisamment beurrés.

Son aventure allait lui permettre de se refaire l'estomac, en même temps, que, là-bas, en Angleterre, mistress Robinson s'occuperait de marier ces demoiselles. Du même coup, le missionnaire faisait une cure sanitaire et il évitait les soucis de la famille.

∵

Il ne savait pas très bien dans quel endroit il avait échoué. Le désir d'être fixé sur la situation de sa nouvelle résidence, le tourmenta, pendant une quinzaine de jours tout au plus. Il s'orienta, compara les distances parcourues avec celles qui devaient être encore franchies au moment du naufrage, fit des calculs et s'embrouilla. Il serait ridicule de dire qu'il

perdit la carte, puisque c'est justement ce qui
lui manquait de plus.

A la longue, après quatre-vingt-dix jours
d'isolement, il s'ennuya un peu. Il avait bien
la lecture de la Bible, pour se distraire, mais
il dut s'avouer que ce n'était point là une récréation fort attrayante. La moindre partie de
jacquet avec son vieil ami John Snobby, l'eût
intéressé davantage. Le jacquet est sans doute
un jeu assez bruyant ; mais il empêche les
clients trop calmes des cafés de s'endormir
sur le *Standard*. La Bible au contraire a des
qualités somnifères parfois excessives. Le
révérend Robinson en savait quelque chose.
N'était-ce pas en commentant ces sacrés textes
qu'il avait maintes fois conduit son auditoire
dans le pays des songes ?

Il se rappela que les auteurs les plus sensés
des temps anciens et modernes ont affirmé que
la promenade est un exercice salutaire, hygié-
nique et peu fertile en incidents quand on ne
s'y livre pas avec une demoiselle qui ne demande qu'à s'étendre sous les arbres pour
causer plus à l'aise. Il se promena. Seulement

comme il était homme de précaution, il se
munit d'un fusil et d'un parapluie. Il ne sortait jamais qu'avec ces deux armes. Dans les
forêts qu'il parcourut, les petits oiseaux s'en-
fuirent épouvantés la première fois qu'ils
aperçurent Robinson avec son parapluie tout
grand ouvert. Ils crurent voir un champignon
ambulant.

Puis ils s'habituèrent à ces étrangetés, et,
au bout de huit jours, ils constellèrent la co-
tonnade du riflard de petits cacas blancs,
jaunes et gris.

.˙.

Un matin, Robinson s'avança fort loin dans
les terres. Vers midi, il se trouva sur la lisière
d'un vallon. Il fut tout surpris de voir une
douzaine de points noirs s'agiter sur le fond
vert de cet endroit. En approchant il s'aperçut
que c'étaient des nègres qui faisaient cuire
leur déjeuner. Le repas devait être substan-
tiel : la moitié d'un cadavre de femme rôtissait
devant le feu. Des pointes des seins calcinés

tombaient des gouttes de graisse qui grésillaient dans les cendres. Ça sentait le veau braisé.

Un sauvage attentif et muet veillait sur le roti.

Médiocrement rassuré, le révérend Robinson fit mine de reprendre la route de la plage. Il était trop tard. Les bons petits nègres l'avaient aperçu. Six d'entre eux se dirigeaient vers lui en poussant des cris très significatifs. Heureusement pour lui, le naufragé ne manquait pas de sang-froid. Il ferma son parapluie, ce qui surprit étrangement les cannibales. Ils s'arrêtèrent un moment pour considérer cet homme à peau blanche, ce personnage stupéfiant qui pouvait tendre et détendre au-dessus de sa tête une sorte de grosse plante.

Cependant ils s'enhardirent de nouveau. De nouveau ils marchèrent vers le saint homme. Celui-ci avait attaché son parapluie dans le dos et il avait empoigné son excellent Remington dans lequel il glissa une cartouche. Tranquillement il épaula et fit feu. Un des sauvages était tombé tandis que les autres prenaient

la fuite sans avoir déjeuné, mais en faisant
entendre de longs sanglots de peur et de dé-
tresse. Robinson regretta qu'ils eussent abandonné leur rôti. Comme mistress Robinson, il
pensait qu'il ne faut rien laisser perdre. Volontiers il se serait offert une tranche de la
femme dont le tronc était doré par les flam-
mes. Mais il n'avait jamais mangé de dame, au
moins de cette façon-là. Après tout ce n'est
pas à quarante ans que l'on prend de nouvelles
habitudes.

.·.

Cependant, le nègre qui avait été atteint par
le coup de feu n'était que légèrement blessé.
Robinson en eut pitié. Il le recueillit, le soigna
et l'appela Vendredi en souvenir du jour où cet
événement avait eu lieu.

Ils devinrent bientôt une vraie paire d'amis.
Ils commencèrent par se parler à l'aide de
gestes, puis ils se firent un langage à eux, une
sorte d'idiome où il y avait un peu d'anglais,

un peu de vocabulaire canaque et beaucoup de javanais.

Le révérend apprit un tas de choses à Vendredi. Il lui enseigna la cuisine britannique, l'art de cirer les bottes et de vernir les escarpins. Un jour, qu'il s'ennuyait, il le baptisa. Le soir, ils étaient abominablement gris tous les deux.

De son côté, Vendredi était plein de respect pour son maître. Le nègre avait conservé des relations amicales avec les gens de sa tribu. Un à un, il les amena chez Robinson, qui ne voulut les recevoir qu'individuellement sans doute, parce qu'il ne tenait pas à voir son domicile envahi par une légion de moricauds Et toujours, toujours, l'homme de Dieu baptisait ces idolâtres. Le soir, le néophyte revenait au logis en titubant et en chantant à sa manière les cantiques du Très-Haut. Chaque conversion valait à Vendredi et au converti un litre d'excellent rhum de la Jamaïque fabriqué avec de l'eau-de-vie de pommes de terre distillée à Berlin. C'est ainsi que le Seigneur récompense ses élus.

Quand tous les sauvages mâles eurent été baptisés, Robinson et Vendredi s'occupèrent des dames et des demoiselles de la tribu. La cérémonie fut plus longue que pour le vilain sexe. Parfois elle durait deux ou trois jours, sans compter les nuits. Le pasteur naufragé déployait tant de zèle qu'il maigrissait épouvantablement.

.·.

Alarmé de la santé chancelante de son bienfaiteur, Vendredi, qui était un garçon intelligent, se réserva la conversion des païennes et mit Robinson au régime. Il le força à manger des viandes saignantes et des farineux. Il le choya, le bourra de chatteries. Robinson se rempluma, puis il bedonna légèrement, ensuite il devint obèse, enfin il ne put même plus marcher. Le fidèle Vendredi avait suivi attentivement les progrès de son gavage. A de certaines heures, il regardait le révérend avec des yeux de gourmet et ils se léchait les babouines, plein de satisfaction.

Une après-dînée, Robinson accablé par une lourde digestion faisait sa sieste. Il rêvait que ses six filles étaient mariées et que la sévère mistress Robinson le trompait avec John Snobby. Il poussa un cri d'épouvante, son dernier cri. Vendredi venait de lui enfoncer un couteau de cuisine dans la gorge.

. . . .

Le soir, les restes de Robinson rôtissaient devant un gigantesque brasier d'eucalyptus. Quand le missionnaire fut cuit à point, Vendredi toujours soigneux de la personne de son maître, ne laissa pas à d'autres le soin de dépecer cette pièce de résistance.

Longtemps, bien longtemps, les sauvages se souvinrent de l'excellent repas qu'ils avaient fait alors. Ils proclamèrent que rien n'est succulent comme la chair d'un homme de Dieu. Je sais des dévotes qui sont de leur avis.

*
* *

Telle est la véritable histoire de Robinson.

Elle m'a été contée par un forçat de mes amis qui la tenait d'une *popinée* canaque, qui la tenait d'un de ses cousins lequel était l'arrière-neveu de Vendredi.

DAPHNIS ET CHLOÉ

————

« Je vous dis que c'est Daphnis et Chloé,
s'écria madame de L..., cette mauvaise lan-
gue. » Et elle désignait de l'éventail un couple
quinquagénaire qui causait dans l'embrasure
d'une fenêtre. La dame était toute charmante.
O la jolie, jolie vieille presque pas ridée, fine
et distinguée sous ses cheveux blancs. Elle
avait des yeux noirs, longs, toujours un peu
humides, un nez court dont les narines fré-
missaient, des joues légèrement rosées et des
lèvres fortes mais fraîches comme un bon fruit
d'automne. Pas une dent ne lui manquait. Son
menton grassouillet était troué d'une fossette.

Il y avait des rondeurs encore très fermes sous son corsage de soie noire. En vérité, on ne saurait trop le redire, c'était une jolie, une très jolie vieille.

Le monsieur était moins bien. Il ne manquait pourtant pas d'une certaine distinction. Sa grande taille s'était légèrement voûtée. Il y avait deux houpettes de poils gris aux coins de son crâne luisant. Ses petits yeux gris-verts papillotaient dans sa face glabre coupée en deux par un nez à bec de corbin. Il ne paraissait point doué d'une intelligence supérieure. Mais il était très décoré et avant de venir à cette soirée, il avait accroché au revers de son habit une brochette qui excitait l'admiration des simples porteurs de Nicham ou des vulgaires officiers d'Académie.

*
* *

— Comment, vous nous quittez déjà monsieur le baron et vous nous enlevez madame Constantini, dit la maîtresse de la maison en voyant le couple se diriger vers la porte. A minuit, au meilleur moment de la soirée, c'est impardonnable.

Le baron répondit en s'inclinant qu'il avait promis d'amener madame Constantini au bal du président du Conseil. Le ministre comptait absolument sur lui. Il était vraiment désolé. Il aurait voulu demeurer davantage. Mais on l'excusait n'est-ce pas? On devait savoir qu'un diplomate ne peut pas agir comme il le veut.

Il débita encore plusieurs autres lieux communs auxquels madame Constantini ajouta quelques fadaises, et deux minutes après, ils roulaient en voiture.

On murmura un peu dans le salon qu'ils venaient de quitter. Une dame antique, mais très maquillée et qui ne refusait jamais de valser avec des échappés de collège, déclara publiquement que la morale réprouve les amours séniles. Un galantin affirma que le baron n'avait pas mauvais goût, mais que, semblable aux carabiniers de l'opéra bouffe, il arrivait beaucoup trop tard. — « Eh! qu'en savez-vous? répliqua une petite femme qui pouvait avoir vingt-cinq ou quarante ans. Il en est parmi nous qui,

semblables à certaines pommes, ne mûrissent
que l'hiver. » On s'inclina devant cette compa-
raison.

⁎

Puis les cancans allèrent leur train. Un petit
cercle s'était formé dans lequel on débitait
force méchancetés sur le baron et sur madame
Constantini : « Permettez, s'écria enfin la générale Bouteselle, je connais mieux que personne l'histoire du baron et de Laure, qui est,
comme vous le savez, une de mes amies d'enfance. Il me semble donc que l'on exagère singulièrement les choses. » Et la générale s'ex-
pliqua .

Le baron et madame Constantini s'étaient
connus tout enfants. Ils avaient joué au petit
mari et à la petite femme. Puis était venue la
jeunesse. On avait marié Laure à Constantini,
un banquier italien podagre mais millionnaire.
Elle avait essayé de protester. Ce fut inutile.
Son père parla raison, lui fit comprendre que
le baron était trop gueux pour la rendre heu-

reuse et qu'on ne contracte plus de mariage
d'amour à notre époque. Elle se soumit. Pendant ce temps, le pauvre baron songeait à se
tuer, puis, la réflexion aidant, il préféra s'exiler
et il obtint le poste d'attaché au consulat
d'Honolulu. Longtemps il a voyagé, toujours
le souvenir de Laure l'a accompagné. « C'est
» l'année dernière seulement, continua la gé-
» nérale, que Constantini est mort. Sa femme
» pourrait vous dire qu'elle n'a jamais éprouvé
» avec lui aucune des joies intimes du mé-
» nage. Il lui a donné du luxe et rien de plus.
» Aujourd'hui, après vingt-six longues années
» de mariage bête, Laure s'appartient, elle a
» retrouvé l'amoureux de sa jeunesse et vous
» voudriez qu'elle ne revécût pas ses vingt ans?
» Décidément le monde est bien injuste. Du
» reste pourquoi voir le mal où il n'est pas?
» Le baron et Laure en sont toujours au sen-
» timent. Ils s'épouseront le mois prochain et
» l'on n'aura plus de prétexte pour les calom-
» nier. »

Quand la générale eut fini de parler, la dame
antique mais très maquillée se tourna vers un

petit jeune homme accoudé à sa chaise et lui
dit : « N'est-ce pas? monsieur René, c'est une
bien belle vertu que la constance. » Le galantin
déclara en se mouchant qu'on ferait un roman
avec l'histoire des amours du baron et de madame Constantini. La petite femme entre deux
âges s'essuya le coin de l'œil et madame de L...
un peu émue murmura : « J'avais bien raison
de les comparer à Daphnis et Chloé. »

.·.

Depuis quarante huit heures, madame Constantini est baronne. Le mariage s'est fait simplement. Les deux époux sont aussitôt partis
pour la campagne et ils y passent le premier
quartier de leur lune de miel. La nouvelle
mariée est d'une humeur exécrable. Elle a
presque battu Jeanne, sa femme de chambre,
elle a mis à la porte John, le cocher, qui s'était,
il est vrai, abominablement soûlé. Très ner-
veuse, à table elle casse les assiettes. Puis elle
a des crises. Elle pleure longuement. Par
exemple quand le baron veut la calmer, elle le

regarde dédaigneusement. Depuis qu'ils sont l'un à l'autre elle le considère comme un être inférieur, incomplet. Parfois il lui dit : « Je vous assure que je fais tout pour... Mais elle ne le laisse pas continuer, elle le prie impérieusement de se taire et elle hausse les épaules avec dédain.

C'est une vie intolérable qui n'empêche pas toutefois le baron de suivre un excellent régime. Il mange des œufs, beaucoup d'œufs, il adore spécialement les omelettes au rhum. Les plats fortement épicés ne lui répugnent pas davantage. C'est une belle fourchette. Victor, le valet de chambre du baron, déclare que jamais son maître n'avait mangé comme cela! On dirait qu'il y est forcé, ajoute-t-il, et Jeanne, la femme de chambre, reprend que c'est peut-être bien vrai.

Les jours se suivent et se ressemblent. Laure passe de la colère aux pleurs et ce n'est plus du dédain qu'elle a pour son époux, c'est du mépris. Un matin il a voulu lui dévider un écheveau de laine à broder, elle lui a enjoint de n'en rien faire et lui a dit : « Vous êtes incapable de tout. » *Incapable*, à chaque instant, elle fait sonner ce mot aux oreilles du malheureux.

⁂

Le pauvre homme a fini par s'inquiéter des crises de sa femme. Réellement Laure devait être malade. Il fallait savoir à quoi s'en tenir. Donc, un soir, il prétexte une affaire politique qui le réclamait à Paris et il est parti. Il s'est rendu chez trois ou quatre médecins. Il leur a dit toute la vérité. L'un lui a ri au nez, l'autre s'est déclaré incompétent, le troisième lui a conseillé un jeune secrétaire avec l'agrément de madame la baronne qui s'en trouverait bien. L'honorable diplomate a été convaincu que les praticiens français sont des ânes et il a frappé à la porte du célèbre docteur Longus, membre libre de l'Académie de Delphes, président du conseil d'administration du cercle des Hellènes. Un savant doublé d'un homme du monde, ce gaillard-là ! Au moins il prit garde au baron, il le tâta, l'ausculta, le fit tousser et cracher, lui regarda dans l'œil, enfin ce fut une consultation sérieuse. « Je vois ce que c'est, dit-il au vieux noble en lui remettant un flacon de petites pilules, avalez un de mes grains matin et soir : c'est le moyen de guérir madame la baronne. »

Rentré chez lui, le baron suivit à la lettre les prescriptions de Longus. Cure merveilleuse, résultats immédiats et surprenants. La joie revint au cœur de Laure qui fut très polie avec sa femme de chambre. A table plus d'assiettes cassées ; au salon, le diplomate fut adulé par sa femme qui le déclara plus habile que Talleyrand et Metternich réunis. Pourtant le pauvre gentilhomme baissait, baissait comme une lampe qui s'éteint. Sa mémoire s'en allait, il s'oubliait dans de longues contemplations devant ses ordures. Un vrai gâteux.

Un beau matin de juin, la baronne l'a trouvé mort à côté d'elle. Elle a beaucoup, beaucoup pleuré et elle a fait appeler Longus. Le grand homme s'est incliné, a regardé le défunt et s'est écrié : « Soyez fière dans votre douleur, madame, votre époux a succombé au mal qui a tué M. de Morny et tant d'autres illustres politiques. »

La baronne a trouvé le médecin très beau quand il prononçait ces paroles.

*
*

Hier, la veuve du diplomate est devenue légalement madame Longus. C'est toujours une jolie, bien jolie vieille.

HERMANN ET DOROTHÉE

Depuis sept mois, la petite sous-préfecture était toute morne, toute désolée. Plus d'ouvriers dans les deux fabriques qui faisaient vivre la population. Les uns étaient tombés à Gravelotte, les autres avaient été conduits en Allemagne et les plus vieux, blêmes, les joues creuses, sans travail, restés au logis, regardaient les hautes cheminées maintenant froides et les ateliers vides des usines. Aucune autre animation que le va et vient des soldats allemands qui se succédaient dans la ville : hier des Bavarois bleu de ciel, pas beaux sous leurs casques à chenille, aujourd'hui des Po-

méraniens avec des uniformes sombres à larges
boutons dorés qui rappelaient la livrée du cocher de M. le maire ; demain des hommes
mûrs de la landwehr, plus exigeants, plus ennuyeux encore que les autres, plus habitués
sans doute aussi au confort du foyer.

Enfin, parfois les bourgeois qui causaient à
voix basse derrière les vitres de leurs magasins
sans clientèle, voyaient passer un long troupeau d'hommes las en culottes rouge que des
uhlans droits et raides sur leurs chevaux con-
duisaient en Prusse. A cela, on reconnaissait que la guerre n'était pas finie et l'on gémissait moins sur l'Allemand envahisseur,
qui commençait à devenir une habitude, que
sur la trop longue durée de la lutte. On était
vaincu. C'était sûr. Pourquoi vouloir continuer? Il n'y avait pas de bon sens à éterniser
ainsi les choses.

* *
*

L'hôte du *Lion d'Or* était certainement le
plus affligé de tous les pacifiques habitants de

la sous-préfecture. Sans doute l'état-major allemand s'était installé chez lui et le vin du *Lion
d'Or* avait filé vite avec des gaillards qui boi-
ven' comme des éponges. Mais l'aubergiste
était aussi le tenacier du buffet de la gare et le
chemin de fer n'allait plus. L'on avait coupé
la voie juste une lieue plus loin. Sans ce mal-
heur-là, l'hôtelier ne se serait pas aperçu de la
guerre. Il avait eu la chance de procréer un fils
boiteux. Son Hermann était venu au monde
avec une sacrée claudication qui l'avait rendu
ridicule au collège, mais l'avait aussi dispensé
d'aller se faire casser la figure comme les autres. Il était même demeuré le seul des jeunes
gens un peu comme il faut de l'endroit. Aussi
vous avait-il des succès auprès des femmes
depuis quelque temps. Nina, la fille cadette du
maire, qui avait trouvé Hermann grotesque,
avant la guerre, pensait maintenant tout haut,
trop haut même, que c'était un jeune homme
charmant. L'hôte du *Lion d'Or* était enchanté
du succès de son fils auprès de mademoiselle
la mairesse. Tout cela, opinait-il, devait finir
par un bon mariage qui serait conclu immé-

diatement après la guerre. C'est pour le coup qu'il mettrait ses petites casseroles dans les grandes. On ferait une vraie noce. Ah ! si seulement on n'avait pas eu la mauvaise, l'exécrable idée de couper la ligne, si les trains avaient roulé comme autrefois, s'arrêtant cinq petites minutes, devant le buffet, le bonheur de l'aubergiste eût été parfait. Il n'aurait pas fait attention à la guerre. Il aurait même doublé ses bénéfices, comme le voisin, le pharmacien qui engraissait depuis qu'il vendait plus de remèdes que jamais aux ambulances prussiennes. Enfin c'était bien, si Hermann épousait Nina. On ne peut avoir toutes les chances à la fois.

*
* *

Un matin, la petite ville fut réveillée par des fanfares et des chants de triomphe. Les bourgeois tout en se frottant les yeux encore lourds de sommeil se regardèrent avec inquiétude. Mais l'hôte du *Lion d'Or*, un homme étonnant qui sait tout, voulut bien leur apprendre que,

la veille, on avait signé la paix à Versailles.
Pour célébrer cet heureux événement, l'état-
major prussien s'était richement pochardé
pendant toute la nuit et la garnison se disposait à imiter cet exemple venu de haut.

La paix ! la paix ! on avait donc la paix ! On
allait pouvoir vendre de nouveau du guin-
gamp, de la chicorée, des faux cheveux, des
meubles en acajou pâle ou des complets à
soixante-neuf francs. Du coup, tout le grand
négoce de la sous-préfecture se sentit follement gai. Un peu plus, ces boutiquiers seraient allés trinquer avec les Teutons qui hurlaient là dedans dans leurs baraquements :
Lebe wohl! Lebe wohl!

*
* *

Il y eut comme un frisson de joie dans l'air
vif de cette très froide journée d'hiver. Nina attira même dans un coin Hermann qui était
venu la voir et elle l'embrassa follement, là,
juste au-dessous de la moustache. Il se laissa

faire, ne trouvant pas cela meilleur ou pire
qu'autre chose.

Puis les jours ressemblant aux jours qui les
avaient précédés reprirent leur suite ordinaire.
Maintenant on voyait défiler des régiments en-
tiers de Teutons qui rentraient au pays natal.
Ça n'en finissait pas. Quand on croyait qu'il
n'y en avait plus, il y en avait encore. Ils allaient prendre le chemin de fer, une lieue
plus loin. On n'avait pas encore rétabli la voie
qui s'allongeait toute droite sans ses rails,
mais avec un amas de gros wagons de mar-
chandises qu'on apercevait au loin couchés
ses les flancs et formant une massive bar-
ricade. L'hôtel du *Lion d'Or* était désolé.
Fallait-il donc mettre plus de temps pour con-
clure cette sacrée paix que pour livrer cent ba-
tailles ?

.*.
.

Cependant la sous-préfecture éprouva une
émotion nouvelle. Sept semaines environ après
la fin de la guerre, on annonça l'arrivée de tout

un convoi d'émigrants alsaciens. Alors on se
souvint ! « Diable ! c'est raide tout de même
deux belles provinces arrachées à la France,
comme cela d'un seul coup. Et ces pauvres
gens qui n'avaient rien fait pour changer de
patrie ! Est-ce qu'ils étaient causes de la guerre
après tout ? Pourquoi donc, quand les empe-
reurs ont des histoires ensemble, ne se battent-
ils pas tout seuls ? Ce serait plus tôt fait. »

Tous ces lieux communs furent naturellement débités, répétés, rassassés par ceux qui
s'étaient montrés le plus hostiles à la lutte à
outrance.

On fit du zèle.

On prépara une entrée triomphale aux émigrants d'Alsace. Ceux qui n'avaient point de
place chez eux retinrent des chambres au *Lion
d'Or* pour les fugitifs. Hermann et dix ou onze
autres jeunes gens furent envoyés avec des voitures au-devant des Alsaciens. Dans les cafés,
le mercier, le pharmacien, le coiffeur, l'ébéniste et le tailleur roulaient de gros yeux et affirmaient qu'au jour de la Revanche des Prussiens entendraient parler d'eux. Plus calmes et

plus curieuses, les dames s'étaient rendues
aux portes de la ville pour voir arriver les émigrants. L'hôte du *Lion d'Or* était positivement
furieux. Quand donc s'aviserait-on de réparer
la voie ? Tout aurait été mieux certainement si
les Alsaciens étaient arrivés jusqu'à la gare.
On les aurait fait rafraîchir au buffet.

* *

L'entrée des fugitifs dans la petite ville fut
vraiment très belle. Les journaux de Paris en
ont même parlé, à l'époque. On avait entassé
les pauvres diables très las du voyage dans les
voitures qui arrivèrent toutes à la file sur la
place de l'Hôtel-de-Ville où M. le maire pro-
nonça un discours chaleureux. Placée à l'une
des fenêtres de l'édifice municipal, Nina paraissait seule fort mécontente. Ce n'était sans
doute pas l'éloquence paternelle qui causait
son dépit.

Mais, là-bas, sur la place, dans le char à
bancs du *Lion d'Or*, Hermann avait à côté de
lui une blonde et grande fille aux yeux per-

venche. Elle semblait plus attentive aux paroles de son voisin qu'au discours de M. le maire. Heureuse de retrouver la galanterie française dans cette petite et banale sous-préfecture, l'étrangère s'incline même parfois avec un sourire vers son interlocuteur. Que peuvent-ils donc bien se dire ?

Mon Dieu ! ils achèvent de lier connaissance tout simplement. Hermann sait déjà que l'Alsacienne s'appelle Dorothée, qu'elle est orpheline et qu'elle s'en va toute seule essayer de se placer à Paris. Il la trouva fort charmante et *in petto* il la compare à Nina, qui a bien, elle aussi, ses petits agréments.

**

Cependant M. le maire a fini de haranguer les fugitifs, que les bourgeois se partagent. Hermann a conduit au *Lion d'Or* tous les Alsaciens empilés dans le char à bancs. Il fait donner la plus belle chambre à Dorothée. Il installe lui-même le bagage de la jeune fille et longtemps, très longtemps, trop longtemps ils causent tous deux. Que se sont-ils dit?

Cette fois-ci, je n'en sais trop rien. Seulement, le soir, tandis que Dorothée s'endort en rêvant d'un foyer reconquis, Hermann a une explication fort vive avec son père : « C'est elle seule que j'épouserai, clame-t-il, j'en ai assez de cette bégueule de Nina. Si vous me refusez votre consentement, je vous enverrai des sommations respectueuses. Du reste on ne se marie pas pour faire plaisir à ses parents. Voulez-vous, oui ou non, consentir à ce mariage? »

— Jamais! jamais! s'écrie l'hôtelier.

Heureusement il existe de par le monde des hommes conciliants qui sont nés arbitres comme d'autres naissent poètes. Le pharmacien de l'endroit est l'un de ces heureux mortels. Il est aussi juste que feu Salomon.

Suivant son habitude il était venu, ce soir-là, faire sa partie de trictrac avec son ami l'aubergiste. Il avait assisté silencieux à la dispute qui s'était élevée entre le père et le fils. Quand le premier eut nettement refusé de faire droit au désir du second, le judicieux apothicaire dit doucement :

— Il y aurait pourtant bien un moyen d'arranger les choses.

— Lequel ? interrogea Hermann.

— Voici : vous épouserez Nina qui vous apportera une jolie fortune et à laquelle vous confierez la direction du *Lion d'Or*. Quant à votre Alsacienne, rien n'est plus facile que de lui faire une position. La voie ferrée va être remise en bon état. Il vous faudra une femme avenante et gracieuse pour tenir le buffet. Il me semble que Dorothée sera fort heureuse de vous rendre ce service. Si, d'ailleurs, la chère enfant a quelques fantaisies, vous pourrez les lui passer grâce à la dot de votre femme. Enfin, vous aurez fait quelque chose pour une de nos sœurs d'Alsace en agissant ainsi. Voyez-vous, mes amis, il faut savoir se rendre heureux sans oublier sa patrie.

Et très fier de son élan oratoire, l'apothicaire daigna accepter les remerciements de l'hôtelier et d'Hermann. Ils trouvaient très simple et très pratique la solution proposée par le pharmacien. Ils s'étonnaient seulement qu'elle ne leur fût pas venue à l'idée.

.*.

Et voilà pourquoi si vous vous arrêtez, un jour ou l'autre, dans la petite sous-préfecture, vous verrez au comptoir du buffet de la gare une plantureuse fille d'Alsace aux yeux de pervenche et, le soir à l'hôtel du *Lion d'Or*, vous serez accueilli par une petite dame brune très fine.

Dans le cas où vous auriez des peines de cœur, vous pourrez demander des conseils à Hermann qui s'en va claudicant du buffet au *Lion d'Or* et du *Lion d'Or* au buffet. Nul philosophe n'a mieux su que lui s'assurer la tranquillité du cœur.

WERTHER

LETTRE PREMIÈRE

J'avais tellement besoin de repos, mon cher Guillaume, j'étais si las du tumulte et du fracas humain que je me suis réfugié dans la plus retirée des petites villes.

Je vois quelques gens ici.

Ces jours derniers, chez le président du tribunal, on m'a présenté l'ancien député conservateur, brave homme qui a délaissé la politique pour collectionner des Stradivarius Il passe son temps à accorder ses violons. Tu le vois, mon cher, c'est là un monsieur peu intéressant. Mais il a une fille, un ange, mon

ami. Elle a perdu sa mère, il y tantôt un an,
et depuis lors elle s'est chargée des soins du
ménage. C'est elle seule qui peigne, débar-
bouille et nettoie ses six petits frères et sœurs.
Il n'y a que la Province pour produire des filles
comme celle-là.

Charlotte (elle s'appelle Charlotte) va se
marier avec un jeune homme qui voyage.
J'envie presque le sort de cet absent. Que
veux-tu ? J'ai peut-être trop vécu et je me fais
volontiers à l'idée de mener une existence plate
dans une monotone petite ville avec une
femme comme Charlotte.

Elle et moi nous avons causé. Elle a un peu
trop sans doute l'éducation d'une institutrice
allemande. Mais je lui crois une très forte dose
de sensibilité.

LETTRE II

Je l'aime, mon ami. Je l'adore. Elle est si
bien dans sa printanière toilette d'organdis,
coiffée d'un simple chapeau de paille blanche
que retient un ruban de velours noir. Point

de bijoux, point de dentelles. Quel contraste avec les poupées maniérées de nos grandes villes qui jouent de l'éventail et de l'œil comme si elles avaient été élevées à l'école des drôlesses.

T'ai-je dit que Charlotte, — ou Lolotte comme l'appellent ses frères et sœurs, — est un peu grande, plutôt grasse que maigre? C'est une brune aux yeux bleus qu'ombragent de longs cils. Elle a le nez court. Ses narines voluptueuses s'ouvrent et se dilatent à la moindre émotion. Que ne donnerais-je pas pour poser mes lèvres sur ses lèvres rouges et bien en chair! Il y a des fossettes au coin de ses joues, des fossettes encore aux coudes de ses bras ronds que font bien valoir les manches courtes, à la mode aujourd'hui.

Une vieille fille qu'elle croit être son amie disait l'autre jour d'elle: « Cette pauvre Char- » lotte serait une délicieuse enfant si elle n'a- » vait pas la taille aussi épaisse. » Je me trouvais là quand ce propos fut tenu. J'y répondis avec ma vivacité ordinaire, ne manquant pas de faire remarquer que le goût pour les tailles

minces est le signe d'un esprit vulgaire. On
fut un peu surpris de la chaleur que je mettais
à défendre Charlotte.

La vieille fille contre les propos de laquelle
je m'étais si vivement élevé me prit à part :

« Ignorez-vous, me dit-elle, que Lolotte est
» fiancée à un fort galant homme éloigné du
» pays aujourd'hui, mais dont on attend le
» très prochain retour ! Vous savez combien
» l'on tient pour sérieuses ici les promesses
» qui précèdent le mariage. En marquant aussi
» vivement votre admiration pour Lolotte,
» vous risquez donc de la compromettre inu-
» tilement aux yeux de son futur et à ceux du
» monde. »

Fiancée ! C'est vrai. Je le savais. Mais je
tiens à l'oublier. Je me plais même à souhaiter
qu'il arrive quelque accident fâcheux à Albert
(c'est le nom de celui qu'elle doit épouser). En
attendant qu'il revienne, je la vois tous les
soirs entre huit et dix heures. Nous causons
raisonnablement tandis que son père, dans une
pièce voisine, s'amuse à accorder ses violons.
Parfois elle a des regards qui me troublent

étrangement. Il y a comme une demande muette dans ces coups d'œil. Et je ne tombe pas aux genoux de Charlotte et, rentré chez moi, le soir, j'arrive à me dire que je suis un rude imbécile !

LETTRE III

Albert est revenu. C'est ce que l'on peut appeler une bonne pâte d'homme. Il ne s'est pas aperçu que je faisais une cour trop platonique hélas ! à sa fiancée. Nous avons été amis tout de suite. C'est un garçon sans aucune valeur, banal, nul, quelconque, un monsieur comme on les céderait à la douzaine si les hommes étaient une denrée comestible ou simplement utile. En voilà un qui sait disserter agréablement et pendant de longues heures sur la pluie et le beau temps ! Charlotte est certainement plus intelligente que lui et, s'ils s'épousent, c'est Albert qu'il faudra plaindre. Après tout peut-être cet honnête médiocre ne sentira-t-il ni la supériorité de sa femme, ni le dédain qu'il finira par inspirer à ma bien-aimée.

19.

Et dire que c'est moi qui aurais pu devenir
le mari de Lolotte !

LETTRE IV

J'ai pris le parti de m'en aller. J'ai averti
Charlotte de ma décision. Je crois lui avoir fait
comprendre que la vie sans elle me serait insupportable. Elle a beaucoup soupiré, un peu
pleuré... J'en étais sûr. Elle m'aime.

Et cependant elle a encouragé mon départ
et elle m'a débité ce lieu commun que les ora-
teurs vulgaires ne manquent jamais de placer
dans les oraisons funèbres : « Je ne vous en dis
pas adieu, mais au revoir. »

LETTRE IV

Un an sans avoir eu de mes nouvelles ! Que
dois-tu penser de moi, mon cher Guillaume ?
Me voici quand même ressuscité. Après avoir
beaucoup voyagé, cherché beaucoup de distractions, je suis revenu dans la chère petite
ville où j'ai connu Lolotte mariée aujourd'hui
avec Albert.

Je l'ai revue. Elle est moins, bien moins jolie. Elle se néglige. Elles sont toutes ainsi en province. Jeunes filles en quête d'un mari, elles s'amusent aux bagatelles de la mode qu'elles exagèrent parfois. Jeunes femmes, elles considèrent leur tâche comme accomplie, leur but comme atteint.

Cependant, depuis huit jours, je constate un regain de coquetterie chez Charlotte. C'est que... c'est que... Enfin, tu me comprends. Albert ne s'est aperçu de rien. Du reste nous prenons tellement nos précautions. A te parler franc, ce n'est point ce que j'avais cru. Encore une illusion qui file, file et disparaît. Charlotte a été fort heureuse de mon retour et, moi, je voudrais déjà m'en aller. Je n'ose pas encore. C'est égal ! Je suis bien content de ne pas l'avoir épousée. La vieille fille avait raison, l'an passé : Lolotte a une trop grosse taille et quels pieds, mon ami ! Je ne les avais pas remarqués auparavant. En outre pas de cheveux, mais énormément de fausses nattes. Ah ! l'on n'a pas tort de dire que l'amour est aveugle.

TÉLÉGRAMME

Invente prétexte pour me rappeler aussitôt par dépêche. Lolotte tout le temps sur mon dos.

LETTRE VI

Notre moyen n'a pas réussi. Elle a tout deviné. D'où une terrible scène de larmes. J'en suis encore tout mouillé. J'ai cédé. Je suis resté ici. Maintenant elle me surveille comme un prisonnier. Elle est sans cesse dans la petite maison que j'habite hors de la ville. Elle fouille mes poches, décachète mes lettres, feuillette mes livres pour voir s'il ne s'y trouve point caché quelque papier qui la concerne, visite mes peignes croyant y découvrir le cheveu d'une rivale inconnue.

On jase de notre conduite un peu partout. Des gens capables d'égorger père et mère crient au scandale. Les cancans vont si bien et si vite qu'ils sont parvenus aux oreilles d'Albert. Charlotte m'a avoué que son mari lui

faisait maintenant des scènes abominables.
Elle les subit, dit-elle, par amour pour moi.
Merci bien. Mais je m'en passerais. Je le lui ai
donné à entendre doucement.

LETTRE VII

C'est fini, Charlotte s'est asphyxiée ce matin
tout simplement comme une petite repas-
seuse. Elle me trouvait devenu trop insen-
sible. Elle n'a pu survivre à l'idée que je ne
l'aimais plus. C'est elle qui me le mande dans
un billet écrit avant sa mort. Au fond je la
regrette.

Il paraît que quand l'on a appris la mort de
Lolotte à son père, l'ancien député a cassé
toutes les cordes d'un Amati qu'il était en train
d'accorder.

Je viens de voir la morte étendue sur son
lit. Elle est vraiment très belle ainsi, mieux
affinée que de son vivant. C'est ce visage-là
que je lui aurais voulu : un peu moins pâle
cependant.

Devant le lit, Albert pleurait. Pauvre garçon. Il m'a tendu la main. Brave cœur.

En sortant j'ai rencontré la vieille fille amie de la défunte. Elle m'a dit sentencieusement:

« On voit encore des femmes qui meurent
» d'amour. Mais l'homme à qui pareille aven-
» ture arrive est plus rare qu'un merle blanc.
» Vous êtes bien heureux, du reste, une
» femme s'est tuée pour vous. Toutes vont se
» jeter à votre collet. Si vous ne faites pas un
» excellent mariage, c'est que vous ne l'aurez
» pas voulu. »

Cette mégère raisonne convenablement, n'est-ce pas, mon cher Guillaume ?

LES AVENTURES DE TÉLÉMAQUE

—

I

Jeanne Dunod était inconsolable du départ
d'Odysse, prince de Verlorenstein. Cet Allemand l'avait abandonnée au grand scandale de
toutes les belles petites qui habitent dans les
parages du Cirque d'Été. La douce enfant était
allée se plaindre chez ses excellentes amies.
Celles-ci s'étaient montrées touchées, en apparence, de sa douleur. L'une d'elles, madame
Mosseny, qui a gagné à l'ancienneté les galons
d'adjudant-major dans le bataillon de la vieille
garde, insinua que le prince de Verlorenstein

était peut-être en train d'élever des lapins sous
un climat plus doux. Jeanne Dunod toujours
naïve ne partagea point cette opinion d'une
femme d'expérience. Elle affirmait que son
Odysse était retourné dans la principauté où
l'appelait le bonheur de ses sujets. Mais en
somme il avait bien eu tort de partir comme
cela sans rien dire : il aurait dû l'avertir. On
ne lâche pas une amie, la veille des étrennes et
du terme de janvier. C'était du reste l'avis
d'Eugène, le frère de lait de Jeanne, un bon
garçon qui avait des cravates trop bleues et
des sentiments distingués dans l'intimité.

Et Jeanne lisait, tous les jours, le *Figaro*
(article *déplacements et villégiature*) pour
savoir ce qu'était devenu le fugitif. Elle finit
par s'écrier un beau matin : « Ce journal est
plus muet qu'un poisson. » Eugène, qui
prenait son café au lait sur la table de nuit
de Jeanne, ne parut pas satisfait de la com-
paraison.

Il y avait quinze jours environ qu'Odysse
n'avait plus donné de ses nouvelles quand on
sonna à la porte de Jeanne. La bonne fille

venait de se lever. La soubrette lui remit deux
cartes de visite. Sur la première elle lut :
Télémaque, prince héritier de Verlorenstein. sur
la seconde : *Doctor M. Treu, précepteur prin-
cier.*

— Faites entrer ces messieurs au salon,
s'écria la jeune femme ; et toi, Eugène, va-t'en
voir pêcher à la ligne.

— Cette femelle n'a que des idées noires,
murmura Eugène sur le ton tragique d'un
traître de *mélo.*

Cinq minutes après, Jeanne faisait les hon-
neurs de son salon aux deux nobles étrangers.

II

Madame, lui dit un jeune homme très correct, je suis le prince Télémaque, permettez-
moi de vous présenter mon précepteur, le
savant Mentor Treu, une des gloires philolo-
giques de la patrie allemande.

La gloire philologique serrée dans une
redingote vert bouteille s'inclina. Elle était
hideuse.

Treu avec son nez en pied de marmite, sa barbe rousse, son front fuyant, ses yeux porcins abrités sous des verres de lunettes à branches d'or servait de repoussoir à son élève. Dans ce jeune homme de dix-neuf ans, Jeanne Dunod retrouvait son infidèle Odysse plus frais, plus sémillant, plus capable encore de séduire une femme.

Télémaque lui rappelait encore un Apollon peint sur un abat-jour qu'elle avait beaucoup admiré autrefois chez une concierge, amie de sa famille. Il avait des cheveux blonds bouclés, un nez en bec d'aigle, des yeux vert de mer, un soupçon de barbe au menton, une taille de sylphe. On aurait dit une petite femme. Il réalisait joliment l'idéal de Jeanne.

Cependant il avait continué à parler. « Vrai-» ment il était désolé de déranger la jeune » femme. Mais il venait savoir auprès d'elle » des nouvelles de son père. Depuis la guerre » franco-allemande, le prince Odysse n'avait » plus reparu dans ses États. Une véritable » inquiétude régnait à Verlorenstein. Long-» temps on avait cru à la mort d'Odysse. Mais

» un jour il avait envoyé par le télégraphe un
» édit augmentant de 50 pour cent tous les
» impôts de sa principauté. Il avait escompté
» les revenus du petit pays chez plusieurs
» banquiers européens. Enfin il s'était fait
» adresser dans les différentes capitales le
» lourd fermage que lui payaient les tenanciers
» de la maison de jeu installée à côté de son
» palais. Il était temps qu'il reparût à Ver-
» lorenstein. »

Jeanne comprit toutes les doléances du
prince héritier, mais elle y répondit par des
récriminations. Elle gémit sur l'inconstance
d'Odysse. Elle aussi avait à se plaindre et elle
accusa le père devant le fils. Celui-ci essaya
d'abord de défendre l'auteur de ses jours, puis
il trouva Jeanne si charmante qu'il ne voulut
plus l'interrompre.

Mentor se tenait dans l'ombre, effacé, calme,
silencieux.

Longtemps, bien longtemps les deux jeunes
gens s'entretinrent. La nuit commençait à
tomber qu'ils se parlaient encore. Le sage pré-

cepteur intervint alors et fit observer qu'il était temps de se retirer.

— Mais non, mais non, repartit Jeanne, vous ne vous en irez pas ainsi. Vous allez dîner ici avec moi.

— Impossible, madame, objecta de nouveau Mentor, nous sommes invités par le comte Eselkopfinholz. Mais le prince héritier viendra vous présenter ses respects au premier jour.

III

— Pourquoi donc n'avez-vous pas voulu accepter l'invitation de cette charmante femme? demanda le jeune homme à son précepteur dès qu'ils furent dans la rue.

— Mais, malheureux enfant, répondit Mentor, vous ignorez donc qu'un séjour trop prolongé chez cette dame nous aurait coûté les yeux de la tête. Oubliez-vous que nous n'avons pas d'argent ou du moins que nos ressources sont excessivement limitées.

— Soit ! mais enfin il faudra bien rendre

également la politesse au comte Eselkop-
fliholz...

— Le comte Eselkopfinholz est à l'hôpital
militaire de Berlin, il y a longtemps. Je me
suis servi de son nom parce que j'avais besoin
d'une défaite.

— Ainsi donc nous dînons...

— Au Palais-Royal, à 2 fr. 75 par tête, dans
un endroit très bien où il y a des glaces et du
linge mouillé. Nous aurons le potage, trois
plats au choix, un dessert et des cure-dents.

— Comme nous aurions mieux dîné chez
madame Jeanne, soupira Télémaque !

— Mais encore une fois, dit le sage Mentor,
souvenez-vous que nous devons être très éco-
nomes. Rappelez-vous que la princesse votre
mère est obligée de broder des pantoufles pour
pouvoir s'acheter des robes. C'est la tapisserie
qui a sauvé cette digne femme. Si nous avons
encore quelques revenus, nous les devons à
l'expérience consommée que j'ai des cartes. Le
trente et quarante, le modeste baccara et le
vulgaire écarté n'ont plus de mystères pour
moi. J'ajoute que je suis en cela l'humble dis-

20.

ciple de S. A. S. Odysse, votre glorieux père
qui manque joliment à la principauté de Verlorenstein.

— Tout cela est très·juste, interrompit Télémaque. Mais enfin nous allons mal dîner, par
conséquent mal dormir, tandis que chez
Jeanne...

— Allons, enfant, calmez-vous. Je vous don-
nerai trois francs cinquante pour passer la
soirée et, demain, nous nous mettrons de nouveau en quête de votre père.

Quelques heures après Télémaque remettait
les trois francs cinquante de Mentor à une demoiselle qui lui rappela de loin, de trop loin
Jeanne Dunod.

IV

Le jeune prince et son précepteur continuèrent dès le lendemain à chercher Odysse de
Verlorenstein dans la Babylone moderne. Ils
mirent le nez partout. On se les montra aux
Folies-Bergère où les nombreuses grues alle-

mandes furent enchantées de rencontrer des
compatriotes. Ils allèrent demander des nouvelles d'Odysse au directeur d'un journal du
matin qui leur donna des conseils sur la façon
de porter la redingote. Ils s'enquirent du
prince fugitif dans tous les cercles et dans les
tripots parisiens. Mentor eut l'occasion d'y
faire preuve de quelques jolis talents de société.
On les vit encore au Skating, chez Sarah Ber-
nardt, au *Chat Noir*, à la Chambre des députés,
à Bullier, à l'Académie française, au Perroquet
gris, dans l'atelier de M. Bouguereau et dans
bien d'autres endroits. Nulle part ils ne trouvèrent celui qu'ils cherchaient. Mais Télémaque se fit une rude idée de la vie parisienne. Il
pensa que somme toute on mange, on rit, on
aime un peu mieux chez nous que sur les
bords du Rhin. Il n'eut point le *heimweh*. Un
seul souci lui mordillait le cœur, il regrettait
Jeanne Dunod. Ah! s'il n'avait pas eu Mentor.

Un matin, celui-ci mit sous les yeux de son
élève l'entrefilet suivant qui s'étalait dans les
Echos d'un journal bien rédigé :

« *Après douze ans d'absence, le prince Odysse*

» *de Verlorenstein, qui habitait Asnières depuis*
» *quelques jours, vient de quitter ce pays des ca-*
» *notiers pour retourner dans ses États.* »

— Mon cher ami, dit Télémaque à Mentor,
vous ferez bien de partir ce soir pour l'Allemagne. Je vous y suivrai sous peu. Vous an-
noncerez mon arrivée à mon père et à ma digne mère.

— Mais nous partirons ensemble, Monseigneur. On vous a confié à moi et je ne puis
vous...

— Pas d'observation. Je veux qu'il en soit
ainsi, reprit Télémaque.

Mentor s'inclina. Au-dessus du précepteur,
il y avait en lui le sujet.

V

Huit jours après, Télémaque qui avait pris
chez Jeanne la place de cet imbécile d'Eugène,
recevait une lettre de son précepteur. La jeune
femme et le prince héritier lurent ensemble

cette épître. Elle contenait ces lignes entre
beaucoup d'autres :

« J'ai le regret en outre de vous apprendre
» que, pour faire face à une situation devenue
» impossible, Son Altesse, votre auguste père,
» s'est vu contraint de vendre la principauté
» tout entière à la Société des Jeux. Toutefois
» il a été stipulé que le prince de Verlorenstein
» et chacun de ses descendants occuperaient
» à vie la charge de croupier en chef. Vous le
» voyez, monseigneur, un bel avenir vous est
» encore réservé pour peu que vous sachiez
» faire preuve d'habileté. Je dois ajouter que
» votre père est entré en fonctions samedi der-
» nier. Rien de plus beau que ce noble sei-
» gneur tout chamarré de croix quand il manie
» le râteau. Les étrangers accourent en foule
» ici pour voir ce spectacle. Vous pourrez ve-
» nir à Verlorenstein le plus tôt possible. Tout
» vous y attend. »

— Ah ! mon pauvre carpillon aimé, s'écria
Jeanne, tu ne vas pas écouter ce vieux singe

de Mentor. Tu me restes, tu es à moi, n'est-ce pas ? Tu es heureux ici.

— Oh ! oui, heureux comme le poisson dans l'eau, soupira Télémaque. Sois tranquille, je ne te quitte pas.

PAUL ET VIRGINIE

———

Paul était assis songeur au comptoir de son magasin situé sur le port. Pas un client. Personne n'était venu encore déguster le tafia qui cuit le ventre ou la crème de vanille onctueuse et douceâtre. Paul regardait au loin les matelots d'un navire marchand qui chargeaient des balles de café. Et le mulâtre paresseux, indolent, se sentait tout heureux de vivre en petit bourgeois, sans aucune occupation autre que son commerce qui allait cahin-caha en lui donnant juste la pitance quotidienne. Sincèrement, il plaignait les matelots qui suent, s'esquintent, triment et sont exposés par des-

sus le marché à tous les caprices de la mer.
Certes, mieux valait être épicier-liquoriste que
de faire le sacré métier de ces gens-là. Et Paul
alluma une cigarette, laissant ses réflexions
se perdre dans la fumée bleue et grise du
tabac.

— Une lettre pour vous !

Le facteur n'avait fait que jeter sur le comptoir une enveloppe toute constellée de cachets
noirs et rouges. Il était parti immédiatement
sans songer que Paul avait toujours un verre
de liqueur à offrir en échange d'un service.

Indifférent, peu accessible aux émotions,
nullement curieux, le beau mulâtre acheva sa
cigarette. Puis il examina attentivement l'enveloppe avant de la décacheter. Elle portait le
timbre de Paris. Elle venait de faire un voyage,
cette lettre, et sûrement elle n'avait pas été
écrite par l'un des fournisseurs que Paul avait
là-bas, dans la capitale. Elle fleurait bon. Paul
se demanda où il avait déjà respiré une pareille
odeur. Et il se souvint. Un soir, il avait un peu
bu, il était allé à Maison-Close et il s'était en-
dormi sur l'épaule d'une blanche, une pen-

sionnaire de l'endroit, qui avait ce parfum d'iris entre les seins. Enfin, il se décida à décacheter le billet. Il épela ceci :

« Mon cher Paul,

» Dans un mois au plus tard, je serai de retour. Après dix ans d'absence, il doit y avoir beaucoup de changement dans la colonie. Je crains fort que les Palmiers-Nains n'aient été vendus. Si la maison n'est pas démolie, si le jardin existe toujours, si la propriété n'a pas trouvé acquéreur, entends-toi avec le notaire auquel j'envoie de l'argent et achète-moi tout cela.

» A bientôt.

» Ta VIRGINIE. »

Paul relut la lettre. Il ne comprenait pas du tout. Il se souvenait seulement que Virginie était partie en France avec des maîtres chez lesquels elle était femme de chambre. Ce n'étaient pas ses gages même capitalisés qui lui auraient permis de posséder les Palmiers-Nains, une propriété de quinze mille francs. Et

puis, quelle idée la prenait vraiment d'acheter
ce coin-là dont personne n'avait voulu à cause
du mauvais voisinage? C'était placé en dehors
de la ville et les soldats ou les matelots qui
avaient eu une querelle à Maison-Close ne
manquaient jamais l'occasion d'aller la vider
à côté, aux Palmiers.

N'importe! malgré son impassibilité et sa
nonchalance, Paul éprouva une joie immense
en songeant au prochain retour de Virginie. Il
s'aperçut qu'il s'était démésurément ennuyé
depuis le départ de la quarteronne. N'avait-elle
pas été la moitié de lui-même, née comme lui
d'une pauvre femme de couleur délaissée
par un créole? Ensemble ils avaient grandi,
une fois ils s'étaient égarés pendant deux jours
dans la forêt vierge d'où ils avaient été rame-
nés par un brave homme, ancien déporté politique, fou de l'étude des plantes. Jusqu'à l'âge
de vingt ans ils ne s'étaient jamais quittés.
Mais cette belle vie avait pris fin. Il avait fallu
se séparer et l'on s'était dit au revoir en se pro-
mettant qu'on serait l'un à l'autre, rien que
l'un à l'autre. Aujourd'hui Virginie, dans la

trentaine, était sans doute un peu vieille pour se marier. Mais enfin les promesses sont les promesses. Paul épouserait. On ne peut pas toujours aller à Maison-Close. Il faut bien faire une fin, se ranger : le commerce n'en marcherait que mieux.

Cependant, les Palmiers-Nains avaient été achetés en bloc. Le notaire et Paul avaient tout acquis, jardin, maison et mobilier. L'ancien propriétaire avait cédé jusqu'à la batterie de cuisine et Paul restait émerveillé de l'ameublement ridicule en acajou premier Empire, des vastes et larges lits, des gravures mythologiques où des déesses exhibent des cuisses massives et un fessier bien en chair et des six bidets à grandes cuvettes, indispensables aux six chambres à coucher. Décidément Virginie était une femme de bons sens : cette propriété était pour rien.

Il vint le jour, le grand jour où la compagne de Paul remit le pied sur la terre natale. Le beau mulâtre attendait son amie, là, sur le quai, maudissant le steamer qu'il apercevait au loin d'abord gros et noir comme un grain de café grillé, puis de plus en plus distinct, se rapprochant toujours davantage de la rade et montrant enfin son ventre goudronné et sa cheminée où bouffait un panache de fumée qui se perdait lentement sous l'implacable ciel bleu. Paul monta à bord.

Une grosse dame aux lèvres un peu épaisses, qui faisaient une tache rouge sur sa peau couleur chamois tendre, s'agitait étonnante, menaçant d'éclater dans son corset trop serré. Derrière elle cinq filles, pâles, sous leur fard, d'un mal de mer prolongé, tendaient le cou comme des grues vers la terre nouvelle.

Et la grosse dame tempêtait toujours, envoyant au diable, depuis le capitaine jusqu'au dernier mousse. « Vrai! elle en avait assez de » cette boîte roulante où elles avaient failli » claquer. Est-ce qu'on n'aurait pas fini bientôt » de visiter leurs bagages et leurs papiers? » D'abord, elles n'avaient été malades que de » la mer. Le reste, frais comme l'œil... » Tout à coup elle se retourna et elle aperçut le mulâtre.

— Tiens! Paul. Embrassons-nous, mon chien.

Tu as une bonne tête tout de même. Mais ce n'est pas tout ça. Occupe-toi de ces dames pendant que je vais voir si ces gêneurs veulent nous lâcher le coude.

Paul ne comprit qu'une chose, après avoir subi l'accolade de Virginie, c'est qu'il avait à prendre soin des autres dames. Il se dit toutefois que Virginie n'avait pas embelli là-bas sur le continent. Elle était autrement jolie et surtout plus svelte quand elle avait quitté la colonie. C'est étonnant ce qu'une femme peut vieillir en dix ans!

Il s'était rapproché des cinq femelles et près du bastingage, avec son accent de créole qui mâche les *r*, il donnait des explications, montrant la ville du doigt, désignant à tour de rôle chaque édifice.

— Qu'est-ce que c'est que cette grosse bâtisse qui ressemble à Saint-Lazare? dit l'une des femmes.

— Est-elle bête, cette Camélia, s'exclama une autre.

— Tiens! avec ça qu'on ne doit pas s'instruire quand on voyage!

21.

Et Paul répliquait que la grosse bâtisse, c'était l'ancien bagne aujourd'hui converti en hôpital.

Le soir, quatre heures après le débarquement, Paul installait Virginie et ses compagnes aux Palmiers-Nains. Quand ce fut fini, quand les cinq drôlesses maquillées furent enfermées, en haut de la maison, dans une sorte de chambre-dortoir, Virginie très émue s'approcha de Paul qui la contemplait, et elle lui dit :

— Tu as de la chance tout de même que j'aie amassé quelques sous à Paris. Tu seras le seul fournisseur des Palmiers-Nains, qui vont, je l'espère, enfoncer rudement cette saleté de Maison-Close. Et puis, tu sais, mon chéri, quand tu voudras t'amuser un bon moment, tu viendras nous voir. Tu n'es pas un étranger chez moi, tu restes un ami. »

Et Paul s'en revint à son magasin sur le port, en se disant qu'on peut rester célibataire sans que le commerce aille plus mal.

ROMAN COMIQUE

Une drôle de pièce cette *Aline !* Ça vous
avait eu un succès, un vrai succès parisien
pendant quinze jours, et après cela un four
colossal. Les pauvres cabots des Fantaisies-
Comiques avaient joué devant des banquettes
vides. Ils étaient stupéfiés de leur guignon. Ils
ne comprenaient rien, mais absolument rien à
une aussi monstrueuse déveine. Ils ne voulaient pas s'imaginer qu'*Aline* n'avait été
qu'une affaire de curiosité. On était venu voir
cette machine en cinq actes à cause de l'auteur. Puis, quand le public, — ce public
spécial qui fait vraiment la réputation des

pièces, — eût vu, il déclara qu'il en avait
assez. Il ne revint pas. Si encore il s'était contenté de ne pas revenir. Mais il débina la
pièce, il débina l'auteur, il débina les acteurs
qui avaient fait leur possible, en somme.

Prosper, le directeur des Fantaisies-Comiques, comprit que la position devenait impossible. Quinze jours encore comme ceux qu'on
venait de passer et c'était la faillite. Il avait de
l'amour-propre après tout et il ne voulait pas
abandonner son théâtre aux huissiers. Il
fallait pourtant sortir de là, prendre une décision, se refaire. Si l'on avait été en hiver, l'on
aurait pu lancer un nouvel *ours* ou bien
reprendre un gros drame à succès. Mais on ne
devait pas y songer. Le mieux était encore de
promener *Aline* en province. Elle se guérirait
peut-être de l'anémie parisienne entre Romo-
rantin et Pithiviers. On fit les malles. On y
entassa les pauvres costumes galonnés de
faux argent pisseux, les uniformes râpés et
sales, les robes fripées et démodées. La petite
Blanche Passy, une ingénue qui avait eu des
succès dans les beuglants du Point-du-Jour

avant que Prosper lui eût confié le rôle
d'Aline, se déclara enchantée de faire un tour
de France. Elle n'était jamais allée plus loin
que Versailles, un jour de grandes eaux. Ce
voyage-là allait la changer.

Les autres étaient moins, beaucoup moins
enthousiastes. Ernest, le traître, celui qui
s'est fait la tête de Taillade, aurait cent fois
préféré rester à Paris. Depuis tantôt vingt ans
qu'il courait la province, il avait fait des poufs
et laissé des dettes ridicules de sept francs cinquante dans tous les cafés. Gabrielle Poirson,
une vieille garde de théâtre, entrevoyait déjà
les mauvaises nuits qu'elle allait passer en
compagnie de notaires concupiscents et d'officiers aussi ennuyeux qu'ennuyés. Baptistin
le comique était morne. La province lui rappelait son enfance, qui s'était écoulée dans une
petite ville, à l'école ignorantine où il avait
subi des punitions grotesques et odieuses.
Plus tard, on l'avait sifflé à Bédarieux, on
l'avait accablé de pommes cuites à Saint-
Gaudens, on lui avait jeté des gros sous à
Villefranche de l'Aveyron, et il les avait em-

pochés. Le Nord n'avait pas été plus clément
pour lui que le Midi. A Douai, à Quimper, à
Roubaix, partout on l'avait hué et conspué.
Paris et les Parisiens s'étaient au moins toujours montrés plus cléments pour ce cabot
raté. Ils avaient ri de son manque de talent et
de son ineptie. Cela valait mieux que des
horions en somme.

Au milieu de ces mornes amuseurs de
peuple, Prosper essayait seul de conserver de
l'assurance. Il se donnait beaucoup de mal,
riant parfois, gesticulant toujours, faisant
entrevoir à ses compagnons qu'*Aline* tombée à
Paris, allait se relever à Gap. Il voulait
exploiter les trous des départements, jouer
dans les bourgs pourris où l'on voit une
troupe de comédiens tous les demi-siècles.

On partit donc. On arriva dans des villes
ignorées qui se ressemblaient étrangement.
Toutes avaient deux ou trois églises avec des
clochers, pointus ou carrés, une place d'armes
sur laquelle, le soir, les notables de l'endroit
viennent causer, des ruelles étroites, boueuses
en hiver, puantes en été ; un collège où

moisissent les intelligences des potaches, un séminaire dont les cloches tintent toute la journée, un sous-préfet et là bas, perdue dans le dernier faubourg, une maison avec des volets verts qu'on n'ouvre jamais.

Dès la seconde représentation qu'on donna, (était-ce à Joigny ou à Sens? Je ne sais plus), Blanche Passy déclara que ce métier-là devenait rasant. Elle refusa d'aller plus loin. A la vérité, elle avait trouvé un maquignon qui lui avait promis de la rendre heureuse sans lui faire d'enfants. On la laissa. Ce fut Gabrielle qui prit son rôle, tandis que madame Prosper, la femme du directeur, prenait celui de Gabrielle.

Vingt lieues plus loin, Ernest accepta un engagement dans un estaminet devenu café-concert, où il avait laissé deux ans auparavant une dette de trente francs. Il y est encore. Dans la journée, il sert des limonades gazeuses ; le soir, il déclame les poèmes de M. Manuel et les strophes de M. Paul Deroulède. Nul ne lance comme lui ce vers du premier des deux rimeurs :

J'ai des sociétés dont je suis secrétaire.

Prosper remplaça Ernest par Victurnien, qui remplissait à la fois dans la troupe les fonctions de régisseur, de caissier et de garçon d'accessoires. Puis il y eut des événements déplorables. Dans un chef-lieu d'arrondissement on refusa aux pauvres cabots l'autorisation de jouer après la leur avoir fait attendre deux jours. Dans un autre endroit, la jeunesse dorée, qui s'ennuyait trois cent soixante-quatre jours par an, résolut de s'amuser pendant vingt-quatre heures. Elle organisa une cabale et ce fut à peine si l'on put jouer le premier acte d'*Aline*. Baptistin, le comique, fut la principale victime des tapageurs. Ils l'empêchèrent même d'ouvrir la bouche. Le pauvre diable en attrapa une fièvre typhoïde. Il est encore à l'hôpital de la petite localité, où on l'a martyrisé. Prosper et Victurnien se sont partagé son rôle.

Puis ailleurs, on fit des recettes ridicules. Les naturels de Pont-Saint-Esprit, qui lisent le journal tout comme les Parisiens, avaient appris « par la voie de la presse » qu'*Aline* était un four et ils ne tenaient pas autrement

à faire preuve de mauvais goût en applaudissant ce qu'on avait critiqué dans la capitale.

Heureusement encore Gabrielle Poirson
n'avait pas mauvais cœur. Plusieurs fois la
troupe vécut sur les petits bénéfices de cette
bonne fille, vaillante au travail, le jour et la
nuit. A la fin, pourtant, elle se lassa. Elle
déguerpit sans tambour ni trompette. Un
matin, Prosper ne la retrouva plus dans la
chambre d'hôtel meublé où elle n'avait laissé
que le parfum violent de sa vieille personne
maquillée.

Prosper ne perdit pas la tête, il fit apprendre
illico le rôle d'Aline à sa fille, une gamine de
quatorze ans, qui avait du sang, du vrai sang
de cabot dans les veines. Les quatre pelés et
les trois tondus qui assistèrent, le soir, à la
représentation, se déclarèrent satisfaits et
répandirent le bruit qu'*Aline* valait mieux que
sa réputation. Toute la petite ville fut prise
d'un beau zèle. Le lendemain, Prosper faisait
trois cents francs de recettes. Bien mieux, le
conseil municipal républicain de ce chef-lieu

22

d'arrondissement voulut donner au peuple, à
l'occasion du 14 juillet, une représentation
gratuite « à l'instar de Paris ». Le maire a
compté quinze louis à Prosper qui, après avoir
contenté la population, a repris le chemin de
Paris avec sa femme, sa fille et le fidèle Victurnien. Il est arrivé juste au moment où le
syndic de la faillite des Fantaisies-Comiques
faisait poser les scellés sur ce pauvre petit
théâtre.

DON QUICHOTTE

———

Oui, ma pauvre madame de Trinchant, c'est un bien brave garçon que Roger. Il a toujours été pour moi un excellent camarade, je ne dis pas le contraire. Mais c'est dommage : il voit un si drôle de monde. On le rencontre au Quartier Latin avec des pianistes, des carabins, des apprentis gens de lettres. Tout cela hurle dans les cafés, s'échauffe pour des bêtises artistiques ou littéraires, fume, crache, boit des bocks. Vraiment Roger a pris la vie par un drôle de côté.

— Que veux-tu que j'y fasse? dit la mère interpellée en poussant un gros soupir, je n'y

peux rien. Roger est incapable de suivre une
carrière toute tracée. Il est trop indiscipliné
pour devenir militaire, trop irréligieux pour
être ecclésiastique, trop peu riche pour faire
figure dans l'ordre judiciaire. S'il avait eu de
la fortune comme toi, mon cher Gustave...

— Mais, interrompit tout à coup madame
Mondésir la mère de Gustave, nous ne sommes
pas aussi riches qu'on veut bien le dire. Seulement mon fils s'est mis dans les affaires. Sans
lui nous n'aurions pas eu l'idée d'acheter du
turc qui promet de donner d'assez beaux résultats. En outre M. Mondésir vient d'intéresser Gustave dans les *Distilleries de la mer de
Marmara*, il n'en faut pas davantage pour occuper un jeune homme, n'est-ce pas?

Madame de Trinchant fit un signe de tête
affirmatif.

— Oui, reprit Gustave en plaquant ses cheveux sur le front, les affaires il n'y a que ça.

> Il n'y a qu'ça
> Tant que la terre tournera,
> Tant que le monde existera.

— Mon Dieu, es-tu bête, s'exclama madame Mondésir au fond très fière de son fils.

Lui reprit avec le geste poseur d'un cabotin de sous-préfecture :

— Les affaires, voyez-vous, ça vous campe rudement un homme. Sans elles, pas de petites femmes coiffées à la chien, pas de soupers à l'Américain, pas d'équipages pour aller aux courses, pas de fête en un mot. Je veux vivre, moi, être quelqu'un. J'en ai assez de ton ameublement rococo, maman, de tes fauteuils Empire qui me rendent plus vieux que mon grand-père, de la pendule en bronze doré avec sa Psyché et son Cupidon éternellement enlacés. Je remplacerai tout cela par d'adorables choses. Tu verras si j'ai du goût, moi ! En attendant, bonsoir, mère. Je vais au cercle. Votre serviteur, madame de Trinchant.

Et Gustave fit une salutation digne d'un maître de danse.

*
* *

Les deux dames demeurées seules causèrent. Elles se souvinrent de l'enfance de leurs fils. Ils avaient été élevés au même collège. De bonne heure ils s'étaient pris d'une vive amitié l'un pour l'autre. Elle avait duré tant qu'ils avaient mangé ensemble les haricots universitaires et les soupes maigres de Petdeloup.

Gustave Mondésir, esprit méthodique en apparence, semblait se livrer à de profonds calculs pour arriver à résoudre des ténuités. Il passait pour un travailleur, pour un élève régulier parce qu'il n'était pas de ceux qui osent entrer en rébellion contre la discipline.

Roger au contraire paraissait tout livrer au hasard. Il prenait la prison où on l'avait mis pour ce qu'elle valait, considérant certains travaux et certains genres d'études comme une distraction, regardant les autres comme l'aggravation d'une peine imméritée. Il était parfois au premier rang, parfois aussi au dernier. Cependant il prenait toujours la place principale quand il s'agissait de venger une injure faite à l'un de ses condisciples ou à lui-même. Il n'hésitait pas à protester hautement contre toute injustice. Aussi passait-il au séquestre la moitié de son temps. Il y lut beaucoup de romans, goûta plus Balzac que Virgile et préféra la *Chartreuse de Parme* au *Conciones*.

De bonne heure on s'était plu à signaler les divergences de caractères des deux amis. Un des professeurs d'histoire du lycée, homme fertile en comparaisons, avait vu en Gustave Mondésir une sorte de Sancho et avait qualifié Roger de don Quichotte. Ses surnoms leur étaient demeurés. Ils ne les blessaient pas.

Ce fut néanmoins le sage Gustave qui initia Roger aux premières polissonneries de l'adolescence. Ce fut Sancho qui conduisit don Quichotte pour la première fois dans les quartiers déserts.

> ..... Où pendent aux masures
> Les persiennes, abri des secrètes luxures.

Ils cessèrent leurs relations à propos d'une bêtise. Un dimanche Gustave offrit à Roger un cigare de deux sous tout en allumant lui-même un super *panatella*. Roger mit le cigare dans sa poche et le donna au premier pauvre qu'ils

rencontrèrent. Puis sans autre motif il rompit
avec son vieux camarade. Leurs mères continuaient à se voir.

* *
*

La vie fut dure pour Roger de Trinchant. Il
était vraiment trop resté le don Quichotte
qu'on avait connu au collège. Farouche en ma-
tière de convictions, il ne transigeait avec personne. A vingt ans, il avait reçu une balle dans
l'épaule. Elle lui avait été envoyée par un monsieur qui avait eu le mauvais goût d'admirer
le talent de Reboul et qu'il avait giflé pour ce
méfait. Au lendemain des journées de Mai 1871,
il écrivit dans un journal que les communa-
listes avaient peut-être eu leurs bonnes raisons
pour défendre la République contre les entre-
prises réactionnaires de l'Assemblée. Il fut condamné à deux ans de prison pour apologie de
faits qualifiés crimes. Il revécut alors sa vie
de collège. Ses amis lui écrivaient et venaient
même parfois le voir. Grâce à eux, il sut que
Gustave Mondésir était tout à fait lancé dans

le monde. Sans doute il n'était pas reçu dans les salons du faubourg Saint-Germain. Il ne faisait pas même les délices de la Chaussée-d'Antin. Mais il obtenait des succès dans ces sociétés mixtes où l'on coudoie quelques rastaquouères, pas mal de femmes du quart de monde, des bourgeoises parvenues dont les seins font éclater les corsages et des gens qui jouent au suprême bon ton. Il est vrai que l'emprunt turc avait donné des résultats pitoyables ; il était également avéré que les *Distilleries de la mer de Marmara* s'étaient dissipées sur les brouillards du Pont-Euxin. Mais enfin Gustave était un homme à la mode. Nul comme lui ne débitait un monologue. Roger, en fut fort heureux.

*
* *

Puis ils s'oublièrent de plus en plus. Don Quichotte n'avait plus guère le temps de songer à Sancho. L'amour lui avait mis martel en tête. Il avait trouvé sa Dulcinée sans courir au Toboso, mais dans une petite ville de province

où il était allé fabriquer un journal républicain
à sa sortie de prison. *Il* l'aima. *Elle* l'aima. Ils
s'épousèrent plus riches d'espérances que d'é-
cus. Les enfants arrivèrent. Il y eut des moments durs à passer dans le petit ménage.
Roger fit de la copie à force, fabriqua à la
course des romans qu'il ne signa pas, donna
des leçons à des apprentis bacheliers, écrivit
des revues pour le théâtre de l'endroit, corri-
gea les fautes de français et suppléa au
manque de principes des candidats au Conseil
général et de l'aspirant député.

Enfin les jours meilleurs arrivèrent Roger
revint à Paris. Il y a pris lentement mais sûrement sa place. Un jour prochain, il fera sensation tout comme un autre.

Hier, on a sonné à sa porte. Il est allé ouvrir.

— C'est moi, lui a dit tragiquement un personnage maigre et râpé, tu ne me reconnais
pas, dis? Je suis Gustave.

— Ah! mon pauvre ami...

— Eh bien? oui. Que veux-tu? Je n'ai pas
eu de chance. Et puis, tu sais, les envieux? Je

joue maintenant. Te l'a-t-on appris ? Tu entends bien : Je suis au théâtre, cabotin, quoi ! J'ai eu du succès, l'an dernier, à Paris. Mais ça n'a pas duré, je te l'ai déjà dit ; les envieux. Je n'ai plus un sou, plus un. Les spéculateurs et les femmes ont tout rasé. Heureusement, je disais bien. C'est le monologue qui m'a sauvé. Sans le monologue, j'étais fichu. Ah ! nom de nom ! Si seulement j'avais joué les Don Quichottes pour de bon comme toi, je serais peut-être arrivé à quelque chose. A propos, tu sais, je chante ce soir à Versailles dans un concert. Je n'ai pas un centime et vrai ! Je ne peux pas aller à pied si loin. Prête-moi, non, il faut être franc, donne-moi cent sous, Roger.

Et Don Quichotte mit dix francs dans la main de Sancho.

GRAZIELLA

———

Il était heureux. Il avait enfin trouvé sa voie et Dieu sait s'il l'avait cherchée ! C'est que tout n'est pas rose dans le métier d'artiste. Nul mieux qu'Yves ne connaissait les désespérances des débuts, les mauvais jours d'hiver où il n'y a pas de feu dans l'atelier situé sous les combles, les tiraillements de l'estomac affamé, les étapes faites chez les marchands de bric à brac qui paient mal les études et les pochades. Puis à toutes ces malechances succèdent les découragements, le spleen, la paresse forcée, les heures où l'on n'a pas une idée sous le front. Quel sale métier au fond quand

ou n'est pas arrivé à quelque chose. Aujour-
d'hui ce n'était plus ainsi : Yves était en passe
de devenir une célébrité dans son genre. Il se
moquait du tiers comme du quart, ses *machines*
se vendaient. Un veinard, cet Yves !

Et il évoquait son passé.

En sortant de l'atelier de Cabanel, il avait
fabriqué des dessins pour les confiseurs. Il
travaillait dans les boîtes de bonbons. Mais
l'article ne donnant que vers les premiers
jours de l'année, il fit des copies ridiculement
léchées qu'il vendit à d'affreux Juifs pour un
morceau de pain. Il n'était pas fier : il décora
la boutique d'un liquoriste distingué des nou-
veaux quartiers. Au plafond, dans un ciel co-
tonneux, il avait peint de petites hirondelles
qui se poursuivaient amoureusement. C'était
très poétique et ça flattait les sentiments
élevés des pochards qui s'oubliaient chez le
marchand de vin. Mais toutes ces œuvres aussi
agréables qu'utiles ne nourrissaient pas leur
auteur.

Vraiment Yves n'avait été quelqu'un qu'a-
près avoir rencontré Grazzia. Ce n'était pour-

tant pas une fée ou une reine d'opéra qui
sème l'or derrière elle que Grazzia. Cette Na-
politaine était venue à Paris toute jeunette.
Elle nichait là-bas, au diable, dans le quartier
Saint-Victor avec un tas de joueurs de biniou,
de vieilles sorcières au nez crochu et à la peau
tannée, de gamins pouilleux qui chantent
l'Italie et la France à la barbe des portiers con-
fiants dans l'union des races latines.

Grazzia avait conservé le type de son pays.
C'était une grande et belle fille aux yeux noirs
allongés un peu à fleur de tête. Son nez droit,
ses lèvres minces et surtout sa taille souple
la rendaient énormément séduisante. Sa peau
mate et brune attirait les caresses chaudes.
Avec cela très voyou, elle parlait couramment
l'argot, savait toutes les chansons canailles et
les débitait en se tapant sur le ventre rebondi
ou sur les seins fermes et durs.

La première fois qu'elle vint poser chez
Yves, elle l'étonna puis elle l'amusa et elle
finit par l'attrister. Il se dit qu'il serait beau
de faire l'éducation de Grazzia, d'élever « son
âme vers le bien » et de la transformer en

femme comme il faut. Il avait un grand respect pour les idées exposées par M. Alexandre
Dumas fils. Comme cet académicien, Yves vou-
tait le relèvement de la fille tombée.

Pour mieux se consacrer à cette œuvre de
régénération, l'artiste pria Grazzia de rester
chez lui. Elle ne refusa pas autrement. Elle
trouvait le peintre plus beau que les autres
chez lesquels elle était allée précédemment. Il
ressemblait comme deux gouttes d'eau à un
acteur qu'elle avait beaucoup admiré au
théâtre des Gobelins où il jouait Buridan.
Chez Yves comme chez le cabot, même voix
vibrante, mêmes gestes, même physionomie.
Aussi se montra-t-elle charmante avec son
amant nouveau. Il fut enchanté d'elle. Elle l'é-
tourdit, elle le grisa. Elle fut capiteuse comme
un bon vin d'Asti.

Il ne peignit plus qu'elle. Il la représenta de
profil, de face, de trois quarts, de dos. Il la
montra debout, assise, couchée. Il la fit entrer
dans de petits tableautins de genre : un jour,
elle fut Esmeralda, une autre fois Armide.
Il la mit à toutes les sauces de sa peinture

plate, bien peignée, sans expression et nulle. Ça se vendit.

Les marchands de tableaux camelotte entouraient ces fadeurs d'un cadre outrageusement doré et ils les débitaient aux bourgeois sans goût. Il y a des compositions d'Yves dans vingt maisons comme il faut de Saint-Mandé et chez toutes les cocottes de la rue Condorcet. Et Grazzia posait, posait toujours. Yves ne cessait pas de vendre ses croûtes. Il se trouvait maintenant très grand, très fort et très beau. Il fit une peinture allégorique dans laquelle il se portraictura avec sa maîtresse. Cette toile était intitulée : l'*Amour encourage et développe le Génie*. L'*Amour* c'était Grazzia, le *Génie* c'était Yves. On ne comprit pas très bien dans le public : peu importait au peintre. Ce tableau répondait à son idée.

II

Un matin, on frappa à la porte de l'atelier. Grazzia, qui posait une Vénus, alla ouvrir dans

son déshabillé le plus complet. Elle se trouva
en présence d'un petit monsieur rondelet,
vieillot, rose, poupin, bien mis et décoré. Le
petit monsieur se recula.

— Est-ce que je te fais peur? lui dit la jeune
femme. Entrez donc tout de même. Je ne vous
mangerai pas. Yves est là qui turbine. Faudrait
voir à ne pas me laisser enrhumer du cerveau
sur la porte.

Entre ou fiche le camp, monsieur. Et puis
zut! Yves, il y a là un vieux type qui...

— C'est bien, répondit le peintre qui était
intervenu, va t'habiller Grazzia. Vous désirez
monsieur?

— Mon Dieu, dit le petit vieux après s'être
assis, c'est un peu délicat, mais tel que vous
me voyez je suis expéditif en affaires. Je viens
donc vous demander carrément si vous êtes
marié, monsieur.

— Mais pourquoi cette question?

— Voilà. Elisabeth (c'est ma fille) est tombée
très gravement malade. Elle a commencé par
avoir des faiblesses, des langueurs. Elle ne
mangeait plus, elle toussait. Madame Bléfroi

et moi, nous étions désolés. J'ai dit à madame Bléfroi (c'est ma femme, monsieur) : « Il faudrait savoir ce qu'a cette petite, confesse-la. » Mon Dieu ! ce ne fut pas chose très facile. Mais à la longue nous avons su que notre malheureuse enfant, était tout amoureuse de votre personne. Je ne dois pas vous cacher que nous aurions voulu unir Elisabeth à M. Legrandois jeune, fils de mon ancien collègue au tribunal de commerce. Mais les docteurs nous ont absolument recommandé de ne pas tourmenter du tout la pauvre enfant. Si vous êtes marié, elle en mourra, voyez-vous. C'est vous seul qu'elle réclame. Partout elle a accroché vos études italiennes. Si vous saviez quelle âme poétique est Elisabeth ! Sans compter que nous lui donnons dix mille livres de rente en dot.

— Epouse, épouse tout de suite, Yves, cria Grazzia qui se rhabillait dans un coin de l'atelier, derrière un paravent.

— Monsieur, dit le peintre à M. Bléfroi, je vous rendrai réponse ce soir.

— C'est cela, venez dîner à la maison sans

cérémonie, ce soir. On vous attendra entre
cinq et six, c'est rue Saint-Louis-en-l'Ile,
nº 157, n'oubliez pas.

III

Depuis un an que Yves est devenu l'époux
légitime d'Elisabeth Bléfroi. Il ne peint plus.
Effet de la lune de miel. La nouvelle mariée n'a
pas pour deux sous de santé, c'est vrai, mais
elle est si charmante ! Elle n'aime et ne vit que
pour la poésie. Un soir de l'été dernier, elle a
obligé son mari à s'arrêter devant un cabaret
dans l'intérieur duquel un ténor en blouse
bleue susurrait :

> Viendras-tu dimanche
> Courir dans les bois,
> Cacher sous la branche
> Ton joli minois.

Cette fille de parvenus adore les veuleries
sentimentales. Quand on lui récite la *Robe*,
poème en un chant (c'est trop) de M. Eugène

Manuel, elle a des attaques de nerfs. La peinture d'Yves lui a produit le même effet. C'est
pourquoi elle a aimé ce beau jeune homme.
Par exemple, elle ne se figure pas combien
elle l'agace. Il la trouve horrible avec ses bandeaux plats d'un blond sale, son front étroit,
ses grands yeux bleu faïence sans expression,
son nez à deux étages, son menton de galoche
sa poitrine plate. Au lit, c'est un paquet d'os
pointus qui entrent dans les chairs du pauvre
garçon. Et puis, elle n'est pas saine; elle sent
mauvais. Du reste ce n'est pas étonnant avec
une famille comme celle-là : une mère devenue
folle deux mois après leur mariage et un père
qui court après les petites filles.

Depuis la mi-septembre, Elisabeth et son
mari étaient à Nice. Le séjour des bords de
la Méditerranée avait été ordonné à la jeune
femme qui déclinait rapidement. De deux
heures à quatre heures, Yves devenu garde-
malade accompagnait la malade sur la plage.
Doucement impérieuse elle exigeait qu'il lût
pour elle les œuvres de ses auteurs favoris.

M. Bléfroi a rejoint sa fille et son gendre. Il

les voit cependant peu. Il a des occupations suivies et fréquentes à Monte-Carlo. Il ne joue pas. Mais il guide de ses conseils une étrangère, madame Grazzia, qui fait florès dans toute la colonie monégasque. L'ancien juge au tribunal de commerce est un héritier des traditions de la vieille galanterie française.

IV

Avant-hier, Elisabeth s'est trouvée très mal. Elle a murmuré ces deux vers du plus aimé de ses poètes :

L'absinthe, ce poison couleur de vert de gris,
Qui vous soûle toujours sans qu'on soit jamais gris,

puis elle a eu un hoquet et elle est morte.

Yves a immédiatement envoyé chercher son beau-père qui est arrivé avec madame Grazzia. Le bourgeois a franchement pleuré. Pendant que le bonhomme se désolait, madame Grazzia a dit doucement au jeune veuf.

— Tu hérites au moins ?

— Deux cent soixante-quinze mille francs : tout est en règle.

— Nous aurons donc de la galette et de la bonne braise pour nos vieux jours, mon chien, d'autant plus que le vieux m'a donné quelques petites choses. Sommes-nous assez veinards, hein ?

— Oh ! oui, murmura Yves, je vais redevenir artiste et je peindrai encore des Italiennes.

BEPPO

—

I

C'est une histoire d'hier, une histoire si simple, si banale que ce n'est peut-être pas la peine de la raconter et de la lire. Elle ne vaut quelque chose que par son actualité et pourtant elle n'est point originale au sens particulier du mot. Avant moi, mieux que moi, lord Byron l'a narrée à sa manière. Ceci prouve que les mêmes faits peuvent se renouveler à soixante ans de distance, qu'il y aura toujours des écrivains cancaniers qui les rapporteront en vers ou en vulgaire prose pour démontrer

24

aux populations que rien n'est nouveau sous le soleil et voilà pourquoi, madame, les proverbes sont comme les jolies femmes : ils n'ont jamais tort.

Étiez-vous à l'Opéra, hier, madame? Vous entendez que je veux parler du bal. Il ne saurait être question d'une représentation lyrique puisque nous sommes en plein Carnaval. Vous pourrez me dire que le Carnaval n'existe vraiment plus. On l'aimait encore au temps de vos grand'mères. Mais aujourd'hui ce n'est pas la peine d'en parler. Le Carnaval est mort, personne ne va plus au bal de l'Opéra, par conséquent vous qui suivez le courant, la mode, les usages, les habitudes, vous vous êtes bien gardée de sortir hier soir.

Je prévoyais cette réponse. Vous l'avez étudiée, apprise par cœur dans les journaux. Quel est donc le chroniqueur, l'échotier, le reporter, le fabricant de faits divers qui n'a pas dans son tiroir un article sur la décadence du Mardi-Gras? Tous les ans, on réchauffe ce vieux plat et on vous le sert, et vous l'avalez, madame, et surtout vous le faites avaler à votre mari.

L'honnête homme finit par croire que c'est arrivé. Il s'endort avec la conviction profonde
que vous même reposez dans votre lit.

Et cependant vous êtes au bal, au bal de
l'O-pé-ra. Ne niez pas. Je vous y ai vue hier. Il
n'y a que vous qui ayez ces yeux noirs sous le
loup de velours et qui sachiez aussi bien dra-
per la mantille espagnole sur des cheveux cha-
tain clair. Nulle n'est plus séduisante et je
donnerais beaucoup, beaucoup pour être l'*ami*
qui vous conduisait dans la foule hier. Franchement jusqu'ici j'hésitais entre vous et
Laure. Mais aujourd'hui le doute n'est plus
permis, surtout après ce qui vient d'advenir à
Laure.

II

Comment, vous ne savez pas, madame? On
ne vous a rien dit. Je pique votre curiosité.
C'est peu, mais c'est déjà quelque chose. Je
vous en prie, je vous en supplie, ne faites pas
l'ignorante. Vous connaissez très bien l'aven-

ture de Laure. Il vous plaît seulement de me faire bavarder. Mais au fait pourquoi ne pas en demander le récit à votre époux ou à votre ami? Ils auront appris la chose à leur cercle et ils vous la narreront fort bien. Vous me direz que votre mari vous énerve. En serait-il de même de votre ami? Je le souhaite.

Prenons les choses par le commencement. C'est ainsi qu'on procède le mieux en littérature comme en amour. La meilleure méthode est aussi la plus simple, la plus naturelle. Vous connaissiez très bien Laure, n'est-il pas vrai, chère madame? Vous fûtes élevées toutes deux chez les demoiselles Bürnett, ces vieilles filles anglaises qui vous ont appris le *cant* tout en vous faisant manger du gigot bouilli. Vous avez beaucoup aimé Laure. C'était un cœur sensible, une âme tendre, une amie dévouée.

C'est aussi et surtout une délicieuse blonde, aux cheveux très clairs ondulés comme les petits flots d'une mer tranquille. Ses yeux paraissent avoir été faits avec des myosotis tant ils sont bleus. Dirai-je que son nez est un peu recourbé ce qui semblerait indiquer une très lointaine origine juive? Faut-il ajouter qu'entre ses lèvres roses le son de sa voix a des douceurs et des inflexions charmantes?

Tout cela chacun le sait, le dit, le répète parce que tout le monde a été féru de Laure. Vous avez fort pleuré toutes, n'est-ce pas? quand vous avez appris que votre chère amie allait vous quitter. Vous vous rappelez très bien ce jour-là, madame. On était à la fin de février. Il y avait une pointe de renouveau dans l'air et dans les cœurs. Les maigres arbres du pensionnat bourgeonnaient et le nez de la cadette des demoiselles Bürnett était dans le même cas que les arbres.

III

Laure vous apprit qu'elle allait se marier. On venait de lui montrer son fiancé. Mon Dieu! il n'était pas joli, joli. Il ressemblait un peu aux bonshommes que le dessinateur Bertall fourrait alors dans les journaux illustrés et qui avaient tous la même physionomie. Un

24.

gros quadragénaire barbu, pas très malin, né en Corse, à Castifao, pays de fromages. Il faisait la commission et, très méfiant, il opérait lui-même, ne s'en remettant pas à des tiers ou à des intermédiaires. A ce métier-là, il était devenu riche.

Il s'était dit un beau jour qu'on peut acheter une jeune et jolie fille aussi facilement que cent mille peaux de mouton. Seulement il voulut avoir des droits légaux sur son bien. Les affaires sont les affaires. Et voilà pourquoi il se maria, au lieu de faire l'amour à l'heure ou à la course. Beppo (ai-je dit qu'il s'appelait Beppo?) était d'avis du reste qu'on doit aussi peu que possible se servir du peigne, de la brosse à dents et de la femme de son voisin. Il avait des idées très bourgeoises et très prud-hommesques. Mais ce n'est pas moi qui l'ai fait.

Eh bien! vous me croirez si vous voulez, mais cet ogre corse rendit fort heureuse sa femme. Il ne lui refusait rien, il fit droit à ses fantaisies, il s'affina un peu au contact de cette blonde charmante mais positive. Un fille

de son temps, allez! cette Laure : je la propo-
serais volontiers comme modèle aux demoiselles trop romanesques. Elle s'était dit qu'au
fond tous les hommes doivent se ressembler
et que les plus hirsutes en apparence sont sans
doute les meilleurs. Le tout est de savoir faire
façon d'eux.

Elle finit par aimer son Beppo. Il sentait son
cru de montagnard méditerranéen. Il était
amusant, original. Il ne ressemblait pas à tout
le monde. Et puis en somme, il n'était ni aussi
laid, ni aussi vieux qu'on avait bien voulu le
dire. Il gagnait à être regardé de près et à être
connu. Il avait l'amour chaud et l'attention délicate. Il pouvait fort bien quand il le voulait
comprendre son monde à demi-mot. Il était diplomate, fin et avisé comme l'est le moindre
paysan corse. En somme il ressemblait aux
maquis de l'île parfumée. Il avait leur apparence sauvage et leur éternelle verdeur.

Par exemple, il voyageait trop. Après six
semaines de mariage, très confiant, il laissa
Laure seule avec des domestiques et il s'en alla
courir par monts et par vaux. Aujourd'hui à la

foire de Leipsik, il était demain à celle de Nijni-Novogorod. Il en rapportait des wagons tout pleins de produits étrangers qu'il échangeait contre du papier bleu et du métal jaune. Il faisait ce métier avec passion, comme d'autres vont au jeu. Au retour, il trouvait Laure plus affectueuse, plus belle et il l'aimait davantage.

IV

Il y a tantôt dix-huit mois, Beppo partit pour l'Amérique. Honnête trafiquant il avait préalablement parcouru tous les ateliers de peintres de Paris et de la banlieue. Il les avait littéralement nettoyés. Il emporta avec lui, chez les Yankees, des études solennelles faites à la manière de M. Bouguereau, des peintures fades telles que les comprend M. Cabanel, des plats d'épinards arrosés de lie de vin qui étaient le dernier mot de l'impressionnisme. Il y avait là de quoi orner vingt musées, cent hôtels et dix mille maisons particulières.

D'abord il écrivit régulièrement à Laure. Tous les huit jours le courrier apportait une lettre à la jeune femme. Tout à coup, cependant plus de nouvelles de Beppo. On fit des recherches, on écrivit aux consuls. Rien, absolument rien. Dans le monde de ses amies, Laure connut un jeune diplomate qui se donna une peine énorme en pareil cas. On est bien heureuse, n'est-ce pas? madame, de rencontrer de tels dévouements dans les circonstances difficiles de la vie.

Il est vrai, et vous devez le savoir, que rien n'est tout à fait désintéressé dans ce bas monde. L'attaché d'ambassade (le diplomate remplissait cette peu pénible fonction) travaillait pour être récompensé. Je l'avoue sans honte, je n'eusse pas agi autrement à sa place. On décore le soldat qui fait son devoir sur le champ de bataille, on donne une retraite aux vieux culs-de-plomb administratifs, pourquoi ne saurait-on aucun gré à un amant transi de dévouement dont il a fait preuve ?

Laure n'était point ingrate. Elle se disait qu'un service en vaut un autre et elle eût été désolée de faire la moindre peine au bon jeune homme. D'ailleurs elle manquait tout à fait de distractions depuis que Beppo était loin. Sa vie était devenue aussi plate que le corsage d'une religieuse. Elle accepta comme pis aller la compagnie de l'attaché d'ambassade.

C'était un galant homme, capable de crever une paire de gants, en applaudissant Sarah Bernhardt et une paire de chevaux dans un steeple-chase. Il connaissait par cœur et par expérience le régiment des vieilles gardes parisiennes et un beau jour, il avait pensé qu'on ne perd jamais rien au changement. De là, sa passion subite pour Laure qui lui fit commettre des folies. Il eut cinq duels à cause d'elle ; à cause d'elle également il manqua trois mariages.

V

Au fond elle le trouvait médiocre et benêt Aucune originalité en lui. C'était le même homme hier, aujourd'hui et demain. Il ressem-

blait également à tous ceux de son monde et
de son espèce. Il avait le même langage, les
mêmes petites manières, le même costume.
Laure aurait pu choisir dans le tas des jeunes
gens, contemporains du diplomate, c'eût été
encore et toujours lui qu'elle eût retrouvé.
Écœurante banalité !

De son côté, lui, la jugeait très bourgeoise
et peu distrayante. Elle avait des retenues et
des pudeurs coutumières qui l'avaient d'abord
charmé parce qu'elles faisaient diversion avec
la vie de ces demoiselles. Mais à la longue il
finit par trouver qu'elle se ressentait beaucoup
trop de l'éducation protestante du pensionnat
Bürnett. A certaines heures, au bout d'un an
de relations, ils se regardaient comme des
chiens de faïence.

Heureusement, très heureusement, le bal de
l'Opéra qui unit tant de couples a disjoint celui-là. Vous rappelez-vous, chère madame, cet
Indien étonnant qui fit son entrée à deux
heures du matin? Était-il assez nature et l'a-
t-on assez entouré. Impassible il s'est dégagé
de la foule et il a fini par découvrir Laure ac-

crochée au bras de son diplomate au moment
où tous deux sortaient du foyer. Très galam-
ment il les a invités à souper.

Que s'est-il passé dans le cabinet du, Café
Anglais où s'étaient réfugiés les trois person
nages ? On m'assure que l'Indien s'est fait re-
connaître par Laure, très heureuse de retrouver
en lui son Beppo. Prisonnier chez les sauvages
chantés par Gustave Aimard, ensuite marchand de cochons à Chicago, enfin mormon
dans l'Utah, il avait fini par revenir à Paris.

Il n'avait pas lu Byron, mais se souvenant
de la chanson du *sire de Framboisy;* il fut per-
suadé qu'il retrouverait sa femme dans un bal.
Il n'eut pas tort.

Il se conduisit en galant homme d'ailleurs
avec son substitut : « Monsieur, lui dit-il, je
vous remercie infiniment. Pendant mon absence, ma femme aurait pu appartenir à beaucoup d'autres. Vous avez empêché qu'elle ne
fût accaparée. C'est très bien. A charge de
revanche. » Laure trouva en ce moment
son mari très beau. Elle l'embrassa même devant le diplomate : « Ah? mon Dieu, s'écria

t-elle, suis-je assez heureuse de retrouver mes
petites habitudes ! »

Chère madame, faites lire à votre mari cette
histoire morale que nous pourrons recommencer comme le *Petit Navire*. Je suis sûr qu'elle
rassurera le brave homme sur vos intentions
quand il reviendra d'un long voyage.

LA CONFESSION

D'UN ENFANT DU SIÈCLE

———

Pendant les guerres de l'Empire, tandis que leurs maris étaient en Allemagne, les femmes avaient mis au monde une génération qui devait être naturellement bourgeoise, effarouchée au moindre rien, amie de la paix, en somme assez égoïste. Les enfants voulurent d'autant plus et d'autant mieux vivre que les pères s'étaient montrés plus insouciants de l'existence. Cet amour, ce besoin de la conservation personnelle ne furent point contraires à certaines tendances pseudo-libérales.

On ne supporta ni l'autorité des princes, ni l'inquisition des prêtres, ni les revendications du peuple parce qu'on avait besoin de tout cela pour soi-même.

⁂

J'appartiens à cette classe bourgeoise qui s'est développée après les Cent Jours. Vous n'attendez pas de moi que je vous raconte par le menu mes premiers pas dans le monde. A quinze ans, j'enveloppais des pains de savon dans une grande fabrique de Marseille. A dix-huit ans, je partageais l'amour de Clorinde avec un brigadier trompette d'artillerie, un premier clerc d'huissier, un commis voyageur qui portait des sous-pieds, un étudiant en pharmacie et un vieux monsieur. Clorinde n'était pas une femme, c'était plutôt un véritable dortoir. N'importe! Je l'aimais tout de même. Je me disais souvent que nous étions six à bénéficier de ses charmes. Un de plus et elle n'aurait pas même pu sanctifier le jour du Seigneur. Cruelle désillusion! J'appris un jour que cet « un de plus » existait dans la personne d'un surveillant du port de Marseille, qui donnait plus de travail que nous tous à la pauvre enfant. Elle ne s'en est jamais plainte, du reste.

Plus tard, on me lança dans le commerce des chapeaux de paille, à Privas. J'ai fait le Panama, le Manille, l'Italie. Je commençais à gagner de l'argent. C'est de cette époque que date ma première splendeur. Les dames de mon âge ont jeté souvent alors des yeux de convoitise sur mes pantalons de nankin. Ils étaient d'un collant !

Les souvenirs me reviennent en foule. C'est ainsi que je me rappelle un habit bleu à boutons dorés qui me pinçait la taille et un gibus gris en poils de lapins. J'étais certainement un très joli jeune homme.

Je joignais à mes grâces et à mes mérites personnels d'être l'un des trois abonnés du *Siècle* qu'il y avait alors dans l'Ardèche. Je

m'en faisais rudement gloire et j'avais raison,
n'est-ce pas ? Les soirs d'été, entre chien et
loup, sur les allées, je déployais gravement
mon journal. A vrai dire, je le lisais très
imparfaitement, mais enfin les promeneurs
savaient que j'étais l'abonné du *Siècle*. On me
désignait du doigt. Il y avait même un vicaire
mafflu qui se signait en passant devant moi. Il
est vrai que quand je le voyais venir, je tou-
chais du fer. J'ai toujours cru que les gens
d'Église portent malheur.

* *

Je dois avouer que le *Siècle* a été l'une des
joies quotidiennes de ma longue existence.
Faut-il énumérer un à un tous les plaisirs
intellectuels et moraux qu'il m'a procurés ?

Depuis quarante ans, je le lis chaque matin
et je le relis chaque soir. C'est lui qui m'a
formé le style. Je me suis assimilé les phrases
et même les tournures d'esprit de feu M. de
Biéville dont j'ai longtemps goûté la saine et
mesurée critique. On m'a dit qu'un jeune

homme qui répond au nom de Sarcey avait perfectionné les procédés de mon cher défunt. J'en doute. Si c'était vrai, il l'aurait remplacé.

Mon excellent journal m'a fourni longtemps des primes qui ont servi à constituer ma bibliothèque. Je ne contemple jamais sans émotion la réimpression du *Moniteur* révolutionnaire et la série de nos meilleurs romans tirés sur papier à chandelle. Je les ai fait relier ces volumes et il m'arrive de les lire quand le trop mauvais temps m'empêche d'aller faire ma partie de dominos au Café de la Préfecture.

C'est au *Siècle* que je dois ma notoriété politique. J'ai été, en effet, l'un des premiers souscripteurs à la statue de Voltaire dont M. Léonor Havin lança généreusement l'idée autrefois. Il n'en a pas fallu davantage pour que je sois classé, sous l'Empire, dans le monde des opposants. Aussi, après le 4 Septembre, fus-je nommé conseiller municipal et délégué sénatorial. Ces fonctions m'ont permis de faire quelque bien à la République conservatrice. Je me flatte d'être l'une des digues

contre lesquelles vient se briser le flot déma-
gogique.

⁎⁎

Enfin je me fais un devoir de tout dire. Je
ne me suis jamais marié, c'est vrai, mais j'ai
connu d'autres Vierges folles que Clorinde.
Cette sultane marseillaise ne fut même pour
moi que l'école primaire de l'amour. Je ne
m'amuserai pas à dérouler la litanie des noms
de toutes celles qui m'apportèrent des con-
solations. Je craindrais d'en oublier. Ce que
j'ai trop bien retenu toutefois, c'est le remords
cuisant que m'ont laissé quelques-unes de ces
amours passagères. Glissons, n'appuyons pas.
Cependant, que serais-je devenu sans le
Siècle? N'est-ce pas à la quatrième page de cet
honorable organe de l'opinion publique que
j'ai trouvé l'indication précise de remèdes à
mes maux ? C'est là que j'ai été renseigné
d'une manière discrète sur les traitements
faciles à suivre même en voyage. Aussi ne
suis-je pas l'un de ces obscurantistes qui
nient la mission bienfaitrice de la presse.

.·.

Hélas ! pourquoi faut-il que mon dévouement obscur mais indiscutable au *Siècle*, ait empoisonné la fin de mes vieux jours ?

J'avais, depuis une vingtaine d'années, une gouvernante. Sans être un bas bleu, Brigitte suivait avec assiduité les romans-feuilletons du *Siècle*. Ils la passionnaient suffisamment pour son âge... et pour le mien. Je ne jugeais point qu'elle pût s'enquérir d'un au-delà. Nous vivions tranquilles, elle et moi. Sans doute, nous avions bien parfois quelques discussions à propos d'un potage brûlé ou d'un pli au drap de mon lit. Mais ces nuages étaient vite dissipés.

La Discorde entra dans mon intérieur sous la forme du *Petit Journal*. Tous les matins, depuis quelque temps, Brigitte avalait avec son café au lait une tranche indigeste du feuilleton de cet organe populaire. Je lui représentai d'abord que ce n'était point là une saine lecture. Elle me fit sentir durement qu'elle n'entendait rien à la critique littéraire.

Mon vieil ami Desgenais, à qui je racontai ce premier mécompte en posant un double six au Café de la Préfecture me répondit : « Res- » pecte les goûts esthétiques de Brigitte. Il ne » faut jamais blesser l'amour-propre des » femmes. »

J'essayai de respecter. Mais Brigitte devint insupportable. Tout le jour, elle me racontait les incidents qui se déroulaient dans son feuilleton. Elle essayait de m'y intéresser et, voyant que je demeurais froid, tantôt elle insistait doucereusement sur les détails, tantôt elle affirmait que mon intelligence déclinait. Nos repas se ressentaient de cette incompatibilité de lectures. Nos nuits se passaient sans sommeil. Ça ne pouvait pas durer.

*
* *

Desgenais s'aperçut que l'anarchie s'était glissée dans mon intérieur. Avant-hier, il me dit en sucrant sa demi-tasse : « Si tu veux être » agréable à Brigitte, tu ne renouvelleras pas » ton abonnement au *Siècle*. Vraiment son

» journal est fort bon marché et je le trouve
» très nourri de faits divers. » Je ne répondis à
mon vieux camarade que par un sourire
dédaigneux. J'aurais pourtant dû me douter de
quelque chose.

Le soir même, Brigitte me mit le marché en
mains. Elle m'imposa d'opter entre elle et le
Siècle. Je fus inébranlable. J'ouvris la porte à
ma gouvernante et je serrai mon journal contre
ma poitrine.

Une heure après, Brigitte entrait au service
de Desgenais. Noir complot !

* *
* *

Je viens de refaire mon testament. Brigitte
n'aura pas un liard de ma fortune, Desgenais
pas un poil de ma barbe comme souvenir. Je
laisse tout à la ville de Privas, tout, afin qu'on
élève sur la principale place de cette antique
cité une statue à feu Léonor Havin. Pourquoi
ne ferais-je pas pour lui ce qu'il fit pour Voltaire et ce qu'on fera pour moi peut-être un
jour ?

MANON LESCAUT

———

Il se fit un grand calme quand le chef du
jury se leva. C'était un bonhomme de cinquante ans passés, aux cheveux poivre et sel,
au nez rose en boulette, aux yeux clignotants
derrière ses lunettes. Son ventre bedonnait,
appuyé contre le pupitre dont le rebord semblait le couper en deux. Sur sa redingote noire
boutonnée, il étalait sa main gauche, les doigts
écartés ridiculement. La droite tenait la feuille
de papier sur laquelle étaient inscrites les
questions posées par la Cour et les réponses des
jurés. Celles-ci étaient toutes affirmatives.
Silence complet sur les circonstances atté.

nuantes. Le petit homme lut mal le verdict.
Sa voix tremblotait. Quand il eut fini, en se
rasseyant, il poussa un soupir de satisfaction.

A leur tour, les trois magistrats s'étaient
levés. Dans le fond de la salle d'audience leurs
robes faisaient des taches de sang. Ils chucho-
tèrent cinq minutes environ. Dans l'air étouf-
fant, leur dialogue avait un susurrement de
confessionnal, puis gravement, méthodique-
ment, ils reprirent leurs places et celui qui
siégeait au milieu, le président, articula les
mots suivants :

— Accusé Legrieu, levez-vous !

L'homme obéit.

C'était un grand bellâtre aux traits fins, mais
à l'allure poseuse et canaille. Il était trop bien
mis. On ne comparaît pas en cour d'assises
avec un complet à rayures jaunes et bleues.
Lui ne se doutait pas de ces choses. Ça l'avait
amusé de quitter sa cellule pour se retrouver

au grand jour de l'audience. Son procès était
une distraction en somme après les longues
heures et l'isolement de la prison préventive.
Et voilà pourquoi il s'était fait beau.

Cependant, le magistrat prononçait l'arrêt,
le commentant d'extraits du code. Le public ne
comprenait pas très bien, mais on sentait tout
de même qu'une décision grave allait être
rendue. Le juge continuant rappelait que Legrieu (Pierre-Anatole) s'était introduit chez la
femme Leprince, une proxénète de la rue
Tronchet. Après avoir assassiné cette vieille,
il avait fait main basse sur ses valeurs, son
argenterie et ses bijoux. Ces faits résultaient
de l'instruction et des débats. Enfin, le président psalmodia les mots suivants : « La cour
condamne Legrieu, Pierre-Anatole, à la peine
de mort. »

Au banc des témoins un cri déchirant se fit
entendre. Presque en même temps, une femme
s'affaissait.

— Pauvre Manon ! murmura le condamné à
mort.

— Huissier, s'écria le président, faites sortir

la personne qui se trouve mal et donnez-lui les soins nécessaires.

Puis, se tournant vers le criminel, le magistrat ajouta :

— Legrieu, vous avez trois jours francs pour vous pourvoir en cassation.

.·.

On le gracia.

Il fut envoyé à l'île Nou avec un tas d'autres. Jadis, il avait eu du goût pour les voyages. Toutefois il trouva la traversée un peu longue et puis il était l'homme du plancher des vaches. La mer lui donnait des nausées ; il avait toujours été délicat.

.·.

Le jour où elle sut que son amant ne serait pas guillotiné, Manon sentit quelque chose de moins lourd peser en elle. Elle eut un moment de demi-ivresse. Dans sa chambre elle étouffait. Elle sortit. Dehors elle aurait voulu confler sa joie à tout le monde. Sûrement elle avait été moins, beaucoup moins heureuse quand elle fit sa première communion.

Lorsqu'elle retrouvait une minute de calme, elle évoquait des souvenirs. Elle se rappelait très bien qu'un jour où il y avait du soleil comme en ce moment, ils avaient pris tous deux le bateau qui va du pont Royal à Suresnes. Ils s'étaient arrêtés à Meudon et ce qu'ils avaient couru dans les bois!... Puis, une autre fois, il s'était battu pour elle à l'Élysée et il avait roulé une espèce de sale voyou qui les embêtait. Elle l'avait rudement aimé à la suite de cette affaire.

Il n'était pas toujours très poli et il avait la main bien plantée au poignet, c'est vrai. Enfin c'était un petit homme bien exigeant. Il répétait trop volontiers que les affaires sont les affaires et il comptait l'argent à un sou près. Mais après tout, une femme pouvait être fière de sortir avec un amant aussi distingué.

Et Manon, toute à ses réminiscences, se laissait attendrir par elles. Elle se surprit en train de pleurer. Jamais elle ne se serait cru aussi

bête. Jamais elle n'aurait pensé qu'on pouvait
« gober un homme autant que ça ».

Aussi le soir de ce jour-là fut-elle très capri-
cieuse avec le vieux Monsieur économe qui
venait la voir une fois par semaine depuis trois
ans. Elle troubla singulièrement ce sexagé-
naire.

**

Elle voulut oublier Pierre. Elle fit la noce
plus que jamais, une noce bête et sale, aujour-
d'hui avec des messieurs du dernier gratin,
demain avec des grinches et des escarpes.

Si du moins elle avait écouté les conseils de
madame Tiberge, une veuve très comme il faut,
qui ne demandait qu'à ramener au bien les
pauvres filles en les mettant en relations avec
les gens du monde! Mais madame Tiberge la
bassinait. Elle était allée la voir une fois et elle
avait rencontré chez elle un jeune homme qui
avait le même son de voix que Pierre. Tout le
temps elle avait pleuré. Du reste c'était plus
fort qu'elle; partout, à tout moment, elle
croyait revoir le forçat.

Elle n'y tint plus. Elle se fit embarquer avec celles qu'on donne pour épouses aux transportés.

Longue, bien longue fut la traversée. Inutile d'insister sur les ennuis du bord, sur les galanteries intéressées des mathurins, sans compter le reste.

Enfin l'on arriva. Elles abordèrent à l'île Nou, fatiguées, écœurées, et pourtant curieuses de connaître ceux dont elles seraient les compagnes.

Au moment où elles débarquaient, une guillotine tendait ses longs bras sur la place principale du pénitencier. Manon vit rapidement s'abaisser le couteau et rien de plus.

Elle eut un mauvais pressentiment. Dès qu'elle fut un peu remise, elle questionna. On lui dit que celui qui venait d'être « raccourci » était le forçat Pierre Legrieu coupable d'avoir voulu assassiner le garde-chiourme Denis. Elle se trouva mal.

Huit jours après, elle a épousé Denis.

ADOLPHE

Je l'appelais mon oncle ; mais, en réalité, il ne m'était que cousin fort éloigné. Son âge seul lui avait valu le qualificatif que je lui donnais. Mon oncle était un fort brave homme.

Je connus mon oncle en 1880, époque à laquelle je quittai Perpignan pour venir achever à Paris mes humanités. Mon oncle me servit de correspondant. Il donnait alors tous ses soins à des opérations de Bourse et il s'était logé rue Saint-Marc, à deux pas du centre de ses affaires. C'était très bien chez lui. Il y avait des meubles en satin rouge, une chambre à coucher en palissandre ciré et, sur le mur, des

estampes d'après les tableaux de Comte-Calix :
Le Départ des Hirondelles et le *Chant du Rossignol*. C'est fait pour vous rendre rêveur, ces sujets-là.

Mais la perle de la maison de mon oncle, c'était Ellénore. Trente ans, brune, les yeux noirs, le nez peut-être trop court, les lèvres peut-être trop grosses, mais de jolies dents, mais une poitrine bien garnie, et grande avec cela, en somme le rêve d'un collégien de dix-huit ans. Elle était dame de compagnie chez mon oncle. Vous entendez ce que je veux dire : elle mangeait à table avec nous, ne couchait pas au sixième comme les domestiques, lisait des romans à ses heures et avait été élevée à Saint-Denis.

Je puis avouer qu'Ellénore me causa de singulières émotions pendant six semaines. Je rêvais d'elle la nuit. Pour elle j'abandonnais la facture pénible du vers latin et, Napoléon Landais aidant, je confectionnais des sonnets simples, des sonnets reflexes, voire des sonnets estrambotes. Elle les lut. Elle parut d'abord un peu intimidée, chercha à éviter mes re-

gards. Loin de perdre courage, je fis succéder
aux sonnets les ballades, les doubles ballades
et les chants royaux.

Ellénore fut enfin touchée. Elle me témoi-
gna sa reconnaissance un dimanche matin,
pendant que mon oncle était à déjeuner chez
un agent de change. Notre bonheur fut complet : « Adolphe, me dit-elle, vous avez mon
cœur. Vous êtes mon maître. Faites de moi ce
que vous voudrez. » Je commençai par arrêter
mes frais de poésie. Si cela avait continué
j'aurais été obligé de rimer des rondeaux, des
triolets et même des sextines. Ce n'est pas une
raison parce qu'on est l'amant d'une belle
femme pour qu'on se rende fol...

*
* *

Mon oncle n'avait sans doute rien inventé.
Mais on peut être un parfait imbécile et ne pas
manquer de clairvoyance. Nous avions commencé à nous aimer Ellénore et moi au renouveau de l'année. Le printemps avait fait
éclore nos tendresses ; elles mûrirent à l'été,

mon oncle s'en aperçut. Il nous guetta et, le jour même où je fus reçu bachelier, il nous surprit. Inutile de nier, de se défendre. Je fus mis à la porte par mon correspondant qui m'accabla de son indignation la plus sévère.

Philosophiquement, je descendais l'escalier quand j'entendis « la voix qui m'était chère » prononcer mon prénom. Presque en même temps, Elléonore me tombait dans les bras : « Vois-tu, Adolphe, s'écria-t-elle, j'en ai assez de cette baraque. Je t'accompagne, je te suis. Tiens, charge-toi de tout ça. » En même temps, elle me collait sur le dos ses jupes, ses mantelets, ses chapeaux. J'étais devenu, déménageur par amour.

⁂

Le lendemain, Ellénore partait avec moi pour Perpignan où j'allais passer mes vacances. Coûte que coûte, elle avait voulu m'accompagner. J'avais essayé de lui faire entendre qu'il y aurait du tapage et du scandale dans ma ville natale. Elle ne répondit à mes raison-

nements que par des larmes et des reproches,
affirmant que je ne l'aimais plus et que j'étais
un don Juan précoce. J'ai peur de voir pleurer
les femmes. Je cédai. Mais ce que j'avais prévu
arriva. Prévenu par « mon oncle », l'auteur de
mes jours me sermonna de la belle façon dès
que je fus descendu du wagon. Ellénore, toute
tremblante, se faisait conduire pendant ce
temps dans l'un des hôtels de la ville. J'allai l'y
rejoindre le soir même. Au milieu de la nuit,
nous fûmes réveillés par un vieux domestique
qui m'a fait sauter jadis sur ses genoux :
« Fuyez, monsieur Adolphe, me dit-il. Dès
l'aube, monsieur Adolphe, me dit-il. Dès
l'aube, M. votre père arrivera ici avec le commissaire de police. Il a juré qu'il ferait arrêter
votre maîtresse qu'il dit être coupable de dé-
tournement de mineur. » Je compris tout. J'eus
peur de voir Ellénore traînée sur le banc d'in-
famie. J'envoyai mon domestique reprendre ma
malle chez mon père. Ellénore boucla la sienne
et, à deux heures cinquante-cinq du matin,
nous filions de nouveau sur Paris. Nous étions
arrivés à Perpignan sur les neuf heures du soir.

Quel voyage! Cette pauvre Ellénore a toujours regretté de n'avoir pas pu voir le Canigou.

* *

Dirai-je tous les agacements d'une misérable vie à deux dans une chambre meublée de la rue de Buci? Bien entendu, papa m'avait coupé les vivres et les économies d'Ellénore filaient avec la vitesse d'un train éclair. Tout d'abord je n'avais pas voulu que la pauvre femme touchât à ses ressources personnelles. On a son amour-propre, n'est-ce pas? Je fis tous les métiers inconnus et connus. J'ai joué la comédie au théâtre Oberkampf; j'ai vendu en gros des bouts de cigares. On m'a connu graisseur de patin à roulettes. L'année dernière, vous m'avez peut-être vu assis dans une sorte de guérite verte : je pointais les voitures qui circulaient. Ça n'a pas duré. C'est dommage.

Si encore j'avais eu du travail tous les jours ! Mais durant des semaines et des mois je suis resté sans gagne-pain. A ces moments-là, Ellénore essayait de se montrer charmante. Elle m'accablait de prévenances, me faisait manger des ris de veau et autres plats chers, partageait même avec moi une bouteille de Beaune première. Par exemple elle eut la délicatesse de ne jamais m'offrir de poisson. Je savais bien que c'étaient ses économies qui se transformaient ainsi en victuailles. Mais j'avais faim, j'étais lâche, je ne protestais pas.

Ellénore est une âme positive. Pour tant de nourriture elle exigeait beaucoup d'affection. J'en maigrissais.

Et avec cela jalouse comme dix tigresses d'Hyrcanie! Un à un, elle mit à la porte mes anciens camarades de collège prétextant qu'ils auraient pu me conduire dans les mauvais sentiers. Elle me suivait dans les rues pour voir si je ne lui faisais pas des traits. Quand nous sortions ensemble, elle me commandait de baisser les yeux lorsque des femmes passaient devant nous. Comme elle avait une beauté opulente et qu'elle était plus âgée que moi, on la prenait pour ma mère. Aussi les soirs de ces jours-là, j'étais dégoûté quand nous nous mettions au lit.

.**.

Une après-dînée de l'hiver dernier, je revenais de confectionner des bandes pour la maison Bonnard-Bidault et je rentrais au logis
tranquille comme Baptiste. J'ouvre la porte de
notre chambre meublée et je trouve Ellénore
én présence d'un cuirassier. Aucun soupçon
ne pouvait m'être permis. Ce militaire était
resté en grande tenue. D'ailleurs Ellénore,
dès qu'elle m'eut vu me sauta au col avec la
plus touchante des effusions.

« Vois, mon ami, dit-elle, nous allons être
heureux. En ma qualité de fille d'ancien lé-
gionnaire, je viens d'obtenir un bureau de
tabac. »

Et elle me tendit la missive officielle. C'était
vrai. Elle avait un bureau de tabac à Versailles.
Je lui fis observer que cette localité est bien
éloignée de Paris. Elle me répondit que je n'é-
tais jamais content. Pour lui prouver le contraire, je donnai au cuirassier les vingt-huit
sous que j'avais gagnés chez Bonnard-Bidault.

*
*

Quinze jours après, je pesais des paquets de vingt-cinq centimes à fumer dans une boutique du chef-lieu de Seine-et-Oise. J'avais un tricot chocolat et des manchettes de lustrine. Ellénore avait joint un débit de boissons à la vente du scafarlati. Entre temps, je versais des canons aux pochards. Nous vivottions. C'eût été une existence charmante si Ellénore n'avait été plus que jamais en proie à la plus féroce des jalousies. Elle me défendait d'aller me promener dans le parc de Versailles sous prétexte que c'est plein d'Anglaises. Un soir d'août dernier, je fumais tranquillement ma pipe assis devant le magasin. Tout à coup, quelqu'un me frappa sur l'épaule. Je levai les yeux. J'avais devant moi l'avocat Baluras, une des lumières du barreau perpignannais.

« Adolphe, me dit-il, si votre pauvre père vous voyait ainsi ! »

Il m'entraîna, me racontant qu'il avait profité d'un voyage à Paris pour revoir Versailles. Longtemps, bien longtemps, nous avons causé.

27.

Il me conduisit dans le parc. La nuit s'y passa presque entière en bavardages. Baluras, je dois l'avouer, ne me fit pas autrement la morale. Il parla raison, s'éleva contre les collages disproportionnés et pleura presque en m'affirmant que je me préparais « à ne goûter aucune des joies de la jeunesse ». Il fut pathétique. J'étais très touché. Je promis de lui écrire.

.·.

Je tins ma promesse. En effet, à la suite de cette promenade nocturne, je fus accablé de reproches par Ellénore. Elle me reprocha d'avoir découché, me prêta tous les vices possibles et impossibles. Furieux, je m'enfermai dans une chambre et, dès le lever du soleil, j'écrivis à Baluras les lignes suivantes :

Mon cher ami,

Mon vieux crampon m'assomme. Je suis décidé à lâcher tout. Dites-le à mon père et priez-le de me venir en aide.

A vous,

ADOLPHE.

Le soir même, Ellénore me jetait ma lettre à la figure. Je fus stupéfait. Je finis par comprendre que ce scélérat de Baluras avait envoyé mon billet à Ellénore pour rendre notre rupture à tout jamais définitive.

Ma maîtresse se calma enfin. Après m'avoir boudé deux jours, elle me dit : « Je vois que » c'est fini, bien fini. Je te rends ta liberté. » Donne-moi la mienne. J'en profiterai pour » épouser un ancien capitaine de hussards qui » m'a fait des ouvertures. Je pourrais me tuer » ou me laisser empoigner par une maladie de » langueur. Je préfère épouser. Ce n'est pas » drôle. Mais c'est moins bête tout de même » que le suicide. Si tu veux, tu seras mon » garçon d'honneur. »

J'ai refusé. Je n'irai pas à la noce d'Ellénore. Je vais prendre des inscriptions de droit. Je serai notaire comme papa et surtout je n'userai plus du mariage à la colle.

LE DERNIER ABENCÉRAGE

Il faisait encore jour quand Aben-Hamet mit
le pied hors de la maison de gros de la rue des
Jeûneurs. On était entre chien et loup. Sur la
longue ligne des boulevards où le beau Musulman s'engagea, les employés de la Compagnie du gaz allumaient les réverbères. On
aurait dit un immense chapelet lumineux
égrené avec une suite non interrompue. Sur le
macadam gluant, les lourds omnibus Made-
leine-Bastille roulaient bondés de voyageurs :
employés qui revenaient de leurs bureaux, petites bourgeoises qui rentraient au foyer après
l'adultère proprement consommé en ville, ou-

vrières laides portant dans une toilette verte le travail achevé.

Des gens de Bourse et de négoce circulaient sur les trottoirs croisant des filles maquillées qui leur faisaient de l'œil. Les cochers de fiacre causaient de leurs petites affaires devant la station de voitures, tandis qu'un sergent de ville bien corseté dans sa tunique de fédéré se livrait à un pointage minutieux. Dans l'intérieur des cafés, les consommateurs pour tuer le temps sirotaient des breuvages verts, marrons ou dorés. Personne à la terrasse. Il faisait vraiment trop froid. Au coin de la rue Montmartre et du boulevard, entassement de monde, encombrement de voitures. Des camelots offraient moyennant dix centimes, deux sous, le crayon avec son protège-pointe : des aboyeurs hululaient la crise ministérielle découpée en tranches de télégraphie parlementaire et toute fraîche imprimée dans un journal du soir.

Et Aben-Hamet, perdu dans la foule indifférente à son fez et à ses allures orientales, réfléchit qu'il s'ennuyait énormément. Non, tout

ce bruit, toute cette animation ne valait pas le
kief tunisien, le long repos contemplatif dans
la montagne qui domine la Méditerranée toute
bleue, tandis que les troupeaux font entendre
leurs sonnailles. Si Paris avait quelque chose
d'agréable, de bon, c'était assurément ses
femmes. Sans elles, la vie n'y eût pas été possible. Le Musulman s'attacha d'autant plus à
cette idée que, la veille, il avait donnez rendez-
vous à une petite d'environ dix-huit ans qui lui
avait plu. Elle devait l'attendre près des Varié-
tés, au coin du passage des Panoramas. Si elle
allait ne pas venir !

II

Elle vint. Elle lui prit le bras et très amica-
lement elle lui dit .

— Emmène-moi dîner, veux-tu?

Quand ils furent installés dans le cabinet
particulier du restaurant, elle défit son chapeau et son simple manteau d'étoffe anglaise
sombre sans galons. Elle se montra presque
raisonnable, ne commanda point une foule de

plats, s'en tint au bon ordinaire bourgeois.
Puis elle bavarda.

— Je ne suis pas difficile, moi, vois-tu. C'est
bête, pas vrai? de faire servir des choses qu'on
ne touche pas. A la Chapelle, chez papa, nous
n'avons jamais manqué de rien, mais quand
je laissais des croûtes, maman me disait :
« Blanche, tu seras fouettée, » et, le soir, avant
d'aller au lit, elle me fouettait. Moi, je ne disais rien, je ne pleurais pas. Tu penses, on a
sa fierté.

Pendant qu'elle parlottait, lui la regardait
très ému. Ce n'était pas une beauté et il y avait
des filles autrement imposantes dans la tribu,
là-bas. Mais elle avait la distinction délicate et
souffreteuse des faubouriennes de Paris, un
teint blanc, un peu taché de rousseurs, des
yeux noirs, vifs, trop petits, un nez court
comme on en voit dans les gravures de Jani-
net ; des lèvres pâles, minces, toujours sou-
riantes, une maigreur d'adolescente qui ne
demande qu'à devenir femme et beaucoup de
cheveux châtains haut plantés sur un front
large.

Aben-Hamet la trouvait charmante.

Le soir, au lit, avant de s'endormir, elle lui conta son histoire. C'était très banal : un père serrurier, une mère femme de ménage, un frère *pied de banc* dans un régiment en Algérie et qui allait revenir du service ; elle demoiselle de magasin, découchant quelquefois parce que ça lui faisait plaisir et aussi parce qu'il faut vivre, mais n'étant pas obligée de prendre le premier venu.

Ce dernier renseignement rendit attentif Aben-Hamet. Pendant que Blanche dormait, il réfléchit longtemps et, le matin, quand la petite s'habilla, avant de la laisser partir, il l'attira contre lui et il lui dit !

— Écoute ! je t'aime. Sois tout à fait mienne. Je t'épouserai si tu veux.

Elle fit avec la tête un joli signe de dénégation. Très soucieux, il reprit :

— Eh bien ! promets-moi de n'être qu'à moi seul pendant tout le temps que je reste en France. Promets-le moi...

Il allait s'exalter. Très calme, elle dit :

— C'est une affaire à discuter. Tu comprends,

ça demande réflexion. Nous verrons ce soir si
c'est faisable.

III

Le marché fut conclu.

Blanche s'était dit que ce moricaud valait
bien, en somme, les petits poseurs de lapins
qui courent les femmes sur le boulevard. D'a-
bord il était très sérieux, trop même, un peu
bêbête, ne comprenant pas la rigolade parisienne, et puis il mangeait salement avec ses
doigts. Mais allez donc trouver un homme sans
défauts. Enfin il n'avait pas froid aux yeux.
Pendant l'expédition de Tunisie, il avait carrément pris parti contre nous, avait fait le
coup de feu dans les montagnes, et s'était
laissé pincer. On l'avait interné longtemps aux
îles Sainte-Marguerite avec d'autres. Après sa
mise en liberté, le séjour de la Tunisie lui fut
interdit et, comme il fallait vivre, l'exilé faisait
maintenant, pour le compte des maisons de
gros et des grands magasins, des voyages en
Arabie et en Perse. Il en rapportait des étoffes

bigarrées et de lourds tapis. Durant les six
mois de la mauvaise saison, il musait et s'ennuyait à Paris. Mais, les beaux jours revenus,
il repartait pour l'Orient. Blanche était très
fière de lui. Un matin, au déjeuner, toujours
mauvais qui leur était servi dans le sous-sol
du magasin, ces demoiselles causaient de leurs
amis :

— Moi, s'écria Blanche, j'ai un Kroumir, un
vrai. C'est un bel homme, va, ma chère. Et
avec ça, tout plein gentil. On voit bien qu'il a
reçu de l'éducation. Le pauvre chien ne peut
plus rentrer *chez eux* rapport à ce qu'il appartient à une ancienne famille très influente qui
a toujours fait la guerre aux chrétiens.

Ces demoiselles trouvèrent que cette Blanche
était tout de même bien heureuse.

Dieu sait pourtant s'il y en avait de plus
jolies qu'elle.

IV

Un matin, de très bonne heure, au moment
où Blanche se disposait à se lever, on caril-
lonna à la porte d'Aben-Hamet. Celui-ci alla

ouvrir et se trouva en présence d'un petit
homme trapu, à la figure culottée, vingt-cinq
poils mal taillés se hérissaient sous son nez en
pied de marmite. Comme Blanche, qu'il rappelait vaguement, il avait les yeux petits mais
vifs, le front haut garni de cheveux courts,
droits, qui semblaient vouloir poignarder le
plafond. Au cou, il portait un foulard de soie
rose. Il était vêtu d'un veston olive et d'un
pantalon gris de fer. En somme, un voyou
qu'on aurait discipliné :

— Pardon, excuse, grommela-t-il, c'est moi,
Charles Bivard, le frère à Blanche. C'est vous
qu'êtes l'Arbico avec lequel elle s'est mariée à
la colle, pas vrai ? Eh bien ! moi, je vous dis
ceci, si vous ne lâchez pas ma sœur immédiatement, tout de suite, vous aurez de mes nouvelles et de celles du père. Il est comme moi
ancien troubade d'Afrique et c'est notre idée
que la petite ne fasse pas dodo avec un
ennemi de la France. Vous m'avez compris,
n'est-ce pas ? Moi je ne dis pas deux fois la
même chose. Allons ! rendez-moi Blanche et
plus vite que ça.

Aben-Hamet ne répondit rien, mais d'un tour de main, il fit pirouetter Charles Bivard sur lui-même et il lui administra un coup de pied entre les deux fesses. Puis, il referma la porte sur le petit homme qui remplit l'escalier de ses jurons.

— Je viens, dit le Kroumir à Blanche blottie peureuse sous les draps du lit, je viens de corriger ton frère qui te réclamait.

— Tu as bien fait, mon loup, répondit-elle; de quoi se mêle-t-il celui-là encore?

V

Le printemps est venu. Il y a des tas de gens, des tas d'animaux, des tas de choses qui font des bêtises naturelles et même hors nature dans les appartements, dans les rues, dans les champs, dans les bois, sous l'eau, sur les arbres, partout. C'est comme cela tous les ans. Il faut bien que le vieux monde subsiste. C'est juste le moment que cet imbécile d'Aben-Hamet a choisi pour quitter Blanche. Il y a huit jours qu'il navigue vers Smyrne, où il est allé chercher ses tapis. Il a promis qu'il reviendrait... à Pâques ou à la Trinité, dit Charles Bivard qui connaît ses auteurs et qui a tout doucement fait sa paix avec sa sœur.

Il est même devenu très galant, Charles. Ainsi, l'autre soir, il a conduit sa petite Blanche au Tivoli-Vauxhall, après lui avoir emprunté de l'argent toutefois. Il s'est fort bien conduit; il a raconté des histoires un peu roides, mais joliment *farce* tout de même. Enfin, il a présenté Blanche à son ami Laudreck, un Allemand c'est vrai, mais un ancien lascar de la légion étrangère, ce qui excuse tout. Un garçon très bien ce Laudreck, et qui vous a des moyens! A peine sorti du régiment, il est entré dans une maison de la rue du Sentier qui fait les dentelles en gros. Durant six mois de l'année, justement ceux pendant lesquels Aben-Hamet voyage, Laudreck reste à Paris. Le reste du temps il est en route, aujourd'hui à Malines, demain à Bruges, dans un mois à Saint-Gall.

A la fin de la soirée, Charles ayant disparu, Laudreck a offert à Blanche de la raccompa-

gner. Elle a accepté pour n'être pas désagréable
à son frère. D'ailleurs, le voyageur en dentelles
était si comme il faut!

VI

— Vois-tu, disait le lendemain Charles à sa
sœur, vois-tu, moi, j'ai compris ta nature. Tu
est trop sentimentale pour rester veuve une
partie de l'année. Ensuite les affaires sont les
affaires. Tu peux très bien être heureuse avec
Laudreck, l'été, tout en ne mécontentant pas
Aben-Hamet quand l'hiver sera revenu. Tu as
en moi un frère qui n'oublie pas tes intérêts :
tu te souviendras des siens à l'occasion, n'est-
ce pas?

Blanche a sauté au cou de Charles. Elle
trouve que l'ancien « pied de banc » est un
homme de bon conseil.

FIN

TABLE DES MATIÈRES

FIN DE LA TABLE

F. Aureau. — Imprimerie de Lagny.

CHARLES LEROY

LE
COLONEL RAMOLLOT

PRÉFACE	*PRÉFACE*
Par E. CARJAT	Par F. CARJA
Illustrations de	Illustrations de
E. MORIN	**RÉGAMEY, SCO**
FERDINANDUS	**HANRIOT**
etc., etc.	**LUIGI LOIR, et**
1 vol. in-18	1 vol. in-18
(douzième mille)	*(douzième mill*
Prix : **5 francs**	Prix : **5 franc**

A. POTHEY

LA MUETTE

Illustrations et Eau-Forte

de KAUFFMANN

1 vol. in-18

Prix : **5 francs.**

Il a été tiré cinquante exemplaires *sur papier de*
Hollande de chacun des volumes de la
BIBLIOTHÈQUE ILLUSTRÉE : Au prix de **10 francs**

www.ingramcontent.com/pod-product-compliance
Lightning Source LLC
Chambersburg PA
CBHW050149030726

47505CB00005B/1293